Kadokawa Fantastic Nove
為這群
冒險者
獻上
祝福！
為美好的
世界獻上
祝福！1

「哇哈哈哈哈哈哈！
哇哈哈哈哈哈哈哈哈！
很好，惠惠，
多轟幾發！
妳才是世界上最強的
魔法師——！」
！—！」
和真
惠惠

「『Explosion』——
『Explosion』——
「地、地獄啊……
簡直是人間地獄……！
惠惠肯定會被認定為
超重點危險人物啊……！」
達克妮絲

「是阿克婭嗎……？」
阿克婭

「和、和真……！
哇啊啊啊啊啊啊啊——
和真先生、和真先生、
和真先生——！

終於要打魔王了！
掌握攻略關鍵的將是——？
大祭司（廢柴女神）
大法師（爆裂狂）
冒險者（最弱職業）
芸芸
大法師（徵友中）

十字騎士（受虐狂）
御劍
劍術大師（魔劍士）

# 為美好的世界獻上祝福！

為這群冒險者獻上祝福！

## CONTENTS

# 為美好的世界獻上祝福！

為這群冒險者
獻上祝福！

17

暁 なつめ
illustration 三嶋くろね

Kadokawa Fantastic Novels

Character
阿克婭
職業 大祭司
任誰都無法控制的水之女神。專長是宴會才藝。
和真
職業 冒險者
尼特主角。優點在於幸運值之高。
達克妮絲
職業 十字騎士
防禦的受虐狂女騎士。是大貴族家的千金。
惠惠
職業 大法師
紅魔族首屈一指的天才。只對爆裂魔法有興趣。

第一章

# 為魔法師獻上爆焰！

## 1

這個世界有一票人稱魔王軍的傢伙。

他們擁有遠遠超越人類的力量，長久以來一直威脅著人類。

即使人們獲得神祇賜予的強大力量仍無法抵抗他們，維持人類天敵的定位而令人害怕的存在。

如今，任何人都感到害怕的魔王軍，他們受到堅固的結界所籠罩的根據地——

「『Explosion』——！『Explosion』————！」

「哇哈哈哈哈哈哈！哇哈哈哈哈哈哈哈！很好，惠惠，多轟幾發！妳才是世界上最強的魔法師——！」

正因為僅僅一名沒出息的魔法師而面臨前所未有的危機——

「達克妮絲，妳看，看看這幅令人爽快的絕景！回想起來，魔王軍那些傢伙一直以來給我添了不少麻煩，現在總算能還以顏色了！哇哈哈哈哈哈，知道厲害了吧，什麼魔王啊，少瞧不起人了！」

「啊、啊啊……啊啊啊啊……昂貴到足以買一棟房子的，最高品質的瑪納礦石少了一個……兩個……」

惠惠每發一次魔法，臉色蒼白的達克妮絲便唸唸有詞。

「『Explosion』——！『Explosion』——！」

每當這個近乎嘶吼的聲音響徹四方，威力大到毫無道理可循的爆裂魔法便轟在魔王城的結界上。

「妳看，看看魔王軍的菁英們驚慌失措、哭喪著臉衝出來的窩囊樣！照理來說，那些傢伙應該強到亂七八糟才對，但如今在我們面前卻和狗頭人沒兩樣！」

「啊啊啊啊啊啊……啊哇哇哇哇哇……」

說明一下現在的戰況，惠惠從剛才便帶著一副達到幸福最高峰的表情，濕著眼眶，開始用爆裂魔法展開攻擊。

然後，在第三發爆裂魔法轟在城堡的結界上時，驚慌失措的魔王軍們便接二連三地從城堡裡衝出來。

大量湧現的是全身有漆黑鎧甲保護的暗黑騎士。

除此之外，還有罩著深黑色長袍看似魔道士的傢伙，以及長著翅膀像石像鬼的怪物。

那些傢伙在我們過去遇見的怪物和魔王軍的戰力中應該也算是數一數二的強敵，光是一隻就足以讓我們人仰馬翻，這種事我一眼就看得出來。

平常會讓我們拔腿就跑的強敵成群結隊地穿過城堡的結界攻向我們。

但是，他們在抵達位於高地的我們身邊之前，便在爆裂魔法的單方面攻擊下灰飛煙滅，無從抵抗。

以石像鬼為首，長著翅膀的怪物們嘗試從空中展開突襲，但惠惠只是往空中發一次魔法，那些傢伙便三三兩兩地墜落，令人看了不禁想笑。

「『Explosion』——！『Explosion』——！」

今天的惠惠，就像之前和魔王軍幹部沃芭克決鬥時一樣，沒有進行魔法的詠唱。

原本，詠唱這種行為的目的是為了穩定魔法的威力，讓魔法變得容易控制。

進行固定的詠唱可以防止魔法失控，更能增強威力。

但惠惠已將爆裂魔法鑽研到極致，就她來說，即使不詠唱也能夠輕易施展魔法吧。

……當然，道理也很明顯。

因為，專心一意地愛著爆裂魔法的這個大法師——

「『Explosion』——！『Explosion』——！『Explosion』————————！」

在人生中，就只有使用過這個魔法——

在這招甚至能消滅神祇與惡魔的魔法之下，魔王城的菁英們塵歸塵、土歸土，連屍體都沒留下。

臉色蒼白的達克妮絲一邊顫抖，一邊望著這幅光景。

「地、地獄啊……簡直是人間地獄……！即使是因為有大量的瑪納礦石輔助，這幅光景要是被陛下或貴族們看見了，惠惠肯定會被認定為超重點危險人物啊……！國家可不會置之不理……！」

「哇哈哈哈哈哈，這是怎樣超爽的啦！心裡累積至今的鬱悶全一掃而空了！惠惠，再轟再轟！乾脆在破壞結界後也不要停，繼續連發魔法！安啦，阿克婭他們才剛走進城裡。魔王的房間這種東西肯定在最高的地方。結界消失後妳就把射線往上拉，轟掉城堡的上半部！」

「住、住手——！考慮到阿克婭總是碰上不湊巧的事，她受到波及的可能性還比較高！先別說這個了，惠惠的眼睛已經紅成我未曾見過的鮮紅色了……！」

或許是因為連續發射大魔法所造成的影響吧，眼睛閃著鮮豔紅光的惠惠身邊產生了啪吱作響的藍白色放電現象。

在爆裂魔法的連番轟炸之下，即使我這個門外漢也看得出來，籠罩著城堡的結界顯然差不多快要崩潰了。

看似半透明防護罩的結界到處都是裂痕，看起來隨時都會碎掉。

「『Explosion』——！『Explosion』——！」

在惠惠不斷發著致命魔法的同時，怪物們也像從轉蛋機裡滾出來的扭蛋一樣接連蹦出。

他們也不是想出來白白送命，只是明白置之不理的話，城堡的結界會被轟破吧。

在那些怪物吸引惠惠的注意時，一群看似魔王軍的魔法師的傢伙在結界裡面高舉雙手，對著結界施展魔法。

他們八成是在修復結界吧，只是我用千里眼技能遠望他們時，他們臉上浮現的是感覺隨時都會哭出來的絕望表情。

在這樣的情況下，推測應該是菁英分子的暗黑騎士們的人數大減，換成看似鬼怪的士兵帶著悲壯感衝出來，而所有戰力都在爆裂魔法下被一視同仁地灰飛煙滅。

……不久後，當城堡周圍產生了大量的隕石坑時……

也不知道是不是魔王軍的士兵們已經消耗殆盡，再也沒有人像無頭蒼蠅一樣衝出來……

——一名戴著白色面具，散發出強者氣焰的魔法師現身了。

面具純白，身上的長袍和法杖也是白色。

圍繞著那傢伙的氣場明顯和之前的那些傢伙不同。

明明身在魔王軍卻讓人感覺到奇妙的清涼感，或者該說是神聖的氣息……

「不知道是什麼東西冒出來了耶。那個傢伙該不會就是傳說中的……什麼世界最強的魔法師吧？」

臉頰泛紅，紅眼亮到不能再亮的惠惠看見從城堡裡現身的魔法師，停下手邊的動作。

惠惠維持著腰部以下被埋在堆積如山的瑪納礦石裡的狀態，一臉幸福地確認著瑪納礦石的觸感。

由於亂發爆裂魔法的狀況已平息，白袍魔法師越過結界，往我們這邊悠然地走過來。

身體周邊覆蓋著半透明的膜狀物，散發非比尋常之氣息的白袍。

雙方還離得很遠，不是能夠對話的距離。

不曉得他是要來問我們到底在想什麼呢，還是想弄清楚我們是誰，目的又是什麼。

還是對方也認同惠惠是前所未有的威脅，所以要來挑戰她，賭上最強之名進行決鬥。

又或者是……

——這時，惠惠毫不猶豫地發出魔法。

「『Explosion』——！」

「「欸！」」

我和達克妮絲叫了出來，但爆裂魔法早已從惠惠的法杖前端射出，理所當然也不可能在這種狀況下剎車，就這麼刺進了白袍身上。

隔了一拍，隨著劇烈的爆炸聲煙塵四起。

塵埃落定後，留在原地的是一個隕石坑，它的中心是一個面具和長袍都被轟掉、全身赤裸的男人趴在那裡。

長袍被剝得精光的那個男人背上長著純白的羽翼。

這表示他是天使系的怪物嘍？

之前有個被維茲炸死的叫什麼杜克的墮天使，大概是他的同類吧。

……這時，在我們遠遠觀望的視線下，那個裸天使顫抖著身體站了起來。

「「喔喔！」」

從他能夠承受惠惠的魔法這點看來，那傢伙果然就是人稱最強的魔法師的守門人了吧。

在我和達克妮絲發出驚訝與讚賞的叫聲之際，裸天使搖搖晃晃地抬起頭來看著占據高地的我們──

「……吾……乃……………！魔王軍……最……的……………！出其不意……！」

他開口不知道在大喊什麼，但距離太遠了，斷斷續續地有些地方聽不清楚。

大概是在報上名號，同時說些怎麼可以趁他不注意亂搞之類的話吧。

這對惠惠和達克妮絲而言好像也遠到聽不見，兩人面面相覷，歪頭不解。

為了探查對方的意圖，我發動了千里眼及讀唇術。

『聽得見的話就給點反應！汝等是何方神聖！是冒險者嗎！居然待在遠方直接攻擊城堡，汝等沒有聽過魔王與勇者的傳說，不知道何謂王道嗎！此等邪門歪道之舉，流動於吾身之神族血統……』

我使用技能觀察了一番，只知道裸天使在叫囂一些不知所云的事情。

「怎麼了?你知道那傢伙在說什麼嗎?」

見我一臉「這傢伙在說什麼啊」的樣子,惠惠這麼問我。

「我用了讀唇術技能,結果那傢伙好像在說什麼從那麼遠的地方攻擊城堡是犯規,超犯規的之類的事。」

「這該怎麼說呢,虧他還被稱為最強的魔法師,居然像小朋友一樣鬧脾氣……不過也對,這種打倒魔王的方式確實前所未聞……」

在達克妮絲雙手抱胸、露出心情複雜的表情時,惠惠高舉起法杖說:

「總之我可以先轟下去再說嗎?」

「轟下去、轟下去。射程是我們比較長,沒必要配合對方。」

「可、可憐的傢伙……」

惠惠這次沒有節省程序,按部就班地開始詠唱。

她不是要連發魔法,而是打算提升單發的威力。

『吾已經警告過汝等了!好好見識吾之力量吧!從魔界引來的無限魔力,以及精通所有魔法的吾之力量,汝等準備好好烙印在眼底……』

「『Explosion』!」

在對方的話說完之前,惠惠已經施展了魔法。

嗆聲到一半就被炸飛的裸天使高高地飛上天，不久後重重墜落在地上。

看來剛才的爆裂魔法相當管用，裸天使翻著白眼，身體不斷痙攣，動也不動。

——就在這個時候。

裸天使的身體底下浮現複雜的魔法陣，發出強烈的光芒。

隨著魔法陣的出現，他身上的傷很顯然地在逐漸痊癒。

……這麼說來，聽說他還擁有強大的再生能力是吧。

接著，原本還在修復結界的魔法師們連忙將墜落的裸天使拖進結界裡。

看著這個情況，惠惠重新在正面舉好法杖。

「被他窩回結界裡面去了。不過，反正我會破壞結界。之後我們再好好做個了斷，看誰才是最強的魔法師吧！」

「『Explosion』——！『Explosion』————！」

在惠惠肆無忌憚地亂射魔法時，我讀取了魔法師們在結界裡的對話。

『啊啊啊啊，這下該怎麼辦！該如何是好！』

『已經不行了……我們完蛋了……！』

『是怎樣啊！那個傢伙是怎樣啊！腦袋是不是壞掉了啊！』

『結界已經撐不住了！再不趕快逃跑的話，我們會在結界崩潰的同時被那個凶惡的紅魔族轟得死無全屍！』

『為什麼會突然有那種像最終頭目一樣的傢伙攻過來啊！她怎麼能像那樣隨便連發爆裂魔法啊！難道是異世界的魔王攻過來了嗎！』

『媽、媽媽——！』

在魔王軍的魔法師們陷入恐慌狀態之際，原本癱倒在地上的裸天使睜開眼睛。

確認了此事的我示意要惠惠暫時別發魔法。

裸天使顫抖著身子，好不容易才撐起上半身，魔法師們便拿出斗篷輕輕為他披上。

我遠遠監視著他們的狀況，同時發動了讀唇術技能。

『……吾……若是……施展出……真正的力……量……那、那種、那種……微不足道的……紅魔族……根本……』

「他說，我認真起來的話，那種貧乳紅魔族根本一捏就死。」

「『Explosion』——！『Explosion』——！」

聽了我的口譯，惠惠再次展開攻擊，結界終於瀕臨崩潰。

「和、和真，真的嗎？那傢伙真的說了那種話嗎！」

「大致上都對。」

我隨口回應達克妮絲時，魔王軍的前幹部搖搖晃晃地站了起來。

仔細一看，剛才的傷勢也已經完全痊癒了。

『等、等到那個腦袋有問題的紅魔族耗盡魔力吧！如果敵人的射程比較長，那我方繼續這樣將力量傾注在修復結界上面即可！吾擁有從魔界無限供給的魔力！拖延成長期抗戰的局面就不需要對付那種瘋狂的魔法師了！』

『『『喔喔！』』』

不知道作戰計畫都被我看光的斗篷天使在結界裡高舉雙手，開始進行修復作業。

「他說要等到腦袋有問題的紅魔族耗盡魔力。還說老子有無限的魔力，哪用得著對付那種瘋狂的魔法師，咱們一邊修復結界一邊拖延成長期戰吧。」

「欠宰啊。」

「慢著，和真！真的嗎！他真的是那樣說的嗎！」

「大致上都對。」

在斗篷天使和魔法師們拚了老命努力修復結界的時候——

惠惠的眼睛閃現燦爛的光芒，深深吸了一口氣——！

「『Explosion』『Explosion』『Explosion』『Explosion』『Explosion』『Explosion』『Explosion』『Explosion』『Explosion』『Explosion』……！」

『欸……不……！』

連珠炮似的開始連發爆裂魔法的惠惠，親手將長年以來籠罩著魔王城的結界瞬間瓦解。

從斗篷天使再次變成裸天使的魔法師好像喊了什麼。

「『Explosion』『Explosion』『Explosion』『Explosion』『Explosion』『Explosion』『Explosion』『Explosion』……！」

但是爆裂魔法依然持續個沒完，附近的其他魔法師們全都被轟飛，大量交疊的隕石坑中心只剩下遍體鱗傷的裸天使一個。

不愧是世界最強的魔法師。

在我頗為佩服他的耐打時，惠惠開始了漫長的詠唱。

魔力的波動和剛才的不同。

這不是從瑪納礦石當中抽出的魔力，而是為了最關鍵的時候保留下來的惠惠自己的魔力，她大概是打算絞盡所有魔力來發這次魔法吧。

惠惠現在的最大魔力甚至比封在最高品質的瑪納礦石中的魔力總量還要來得多。

面對爆裂魔法的連發，裸天使的再生能力已經來不及治癒傷勢，瀕死的他也發現惠惠非同小可的氣息，輕聲喘息。

『吾……乃……是……魔王軍……最強……最資深者…………名為…………』

嘟嘟噥噥地準備報上名號的魔王軍最強……

「『Explosion』——————————！」

在被惠惠發出的史上最大級的爆裂魔法正面擊中後，在無人知曉他的名字的狀態下消失殆盡——

## 2

「辛苦啦！話說回來，這個狀況也太悽慘了吧？機動要塞毀滅者襲擊時都沒搞到這麼誇張吧？不過，這麼一來妳就是名副其實的世界最強……呃，喂，惠惠，妳流鼻血了喔。」

「咦？啊……」

在我用「Drain touch」為惠惠灌注最低限度的魔力時，似乎是被我這麼一說才發現，臉紅得像血都衝了上來似的她用長袍的袖子在鼻子底下擦了擦，越擦範圍越大。

「真是的……」

我用「Create water」弄濕手帕幫惠惠擦臉，大概是覺得濕手帕涼涼的很舒服吧，只見她舒適地瞇起眼睛，任我在她臉上擦來擦去。

該說她都亢奮到流鼻血了嗎？

……不對，這是……

「喂，惠惠，我覺得妳的臉頰之類的地方燙得不正常喔。這是怎樣，肯定不只是因為太亢奮了對吧！」

「沒、沒事，我沒問題啦。你等著看，我現在就把魔王城的高樓層部分給……」

一臉像燒得暈頭轉向的惠惠這麼說，抱著她的法杖以搖搖晃晃的動作舉起，對準城堡。

這時，達克妮絲抓住了這樣的惠惠。

「爆裂魔法可是人類所能使用的最強魔法，連續發射這種大魔法到這種地步，身體沒有產生異常還比較奇怪。從瑪納礦石當中抽出魔力，讓魔力在體內循環並發出魔法。這樣的程序，如果是身強體壯的魔法師使用普通魔法倒也不會造成太大的負擔……」

「但對惠惠的身體而言，這樣的負荷太大了是吧……」

「請不要說得好像是因為我的身體太小才出問題的樣子好嗎！沒問題的，我還跟得上。應該說，你們讓我跟吧！」

制止了鬧脾氣的惠惠，我撿拾附近散亂一地的瑪納礦石。

將瑪納礦石全都塞進一路上都是我在揹的背包後，惠惠立刻將手臂穿過背帶。

「喂，我今天不會再讓妳發爆裂魔法了。還有，行李有我揹，妳別逞強。」

「……就算你這麼說，到了情況危急的時候我還是會毫不客氣地發爆裂魔法喔。而且，和真已經把這個給我了，所以我堅持要揹。」

太任性了吧……

最後我拗不過頑固的惠惠，叫她答應爆裂魔法只有在面臨危機的時候使用這個條件，才把背包給她揹。

剛才的連續使用已經讓數量減少了許多，背包現在的重量應該不算太重了，但看她搖搖晃晃地揹著一個大背包的模樣真的很令人擔心……

總而言之，這下闖進魔王城時最大的障礙已經被排除了。

在四下完全陷入一片寂靜的狀況下，我們一邊以感應敵人技能戒備，一邊靠近城堡。

我們的行蹤應該被敵人看得一清二楚才對，但大概是城內的狀況真的太過混亂了吧，我們並未遭受來自城堡的攻擊。

「……好了。那麼，接下來終於要進入重頭戲了。妳們有所覺悟了吧？」

「當然，接下來儘管包在我身上。即使冒出龍來，我也完全不會退縮。剛才都是惠惠在表現，我總覺得有點不甘心。」

造型和剛才從魔王城裡衝出來的暗黑騎士差不多的達克妮絲，帶著格外充滿幹勁的表情對我這麼說。

「呵呵呵，想超越我今天的表現的話，大概就只能討伐魔王了吧？」

「唔……！女騎士的工作是被魔王抓住啊，這種時候應該完成討伐魔王這個目的，還是應該以女騎士的工作為優先呢……？」

「妳們是來這裡做什麼的啊？我看妳們已經忘記阿克婭了吧。」

沒理會毫無緊張感的兩人，我一邊使用感應敵人技能，一邊靠近到城門前。

由於感應不到敵人的氣息，我漫不經心地走進城門，而就在這個時候。

「啊——！」

「唔喔！」

突然聽見空無一物的空間傳出驚訝的吶喊，我不禁叫出聲來。

接著，幾個熟面孔出現在我們眼前。

他們是……

「惠惠！嗚哇——惠惠、惠惠！好好好、好可怕！好可怕喔喔喔喔喔喔！」

「怎、怎麼了，芸芸？妳平常已經動不動就哭哭啼啼了，但今天的表情特別誇張喔！」

出現在那裡的是御劍的小隊和芸芸。

「佐藤和真，你成功追上來啦！……是說，真虧你能平安無事，魔王不是在外面嗎！」

拖著巴在他腰上的兩個女生，御劍突然對我這麼說。

他的兩個跟班大概是經歷了非常恐怖的遭遇吧，她們巴著御劍，眼中噙淚，嘴裡唸唸有詞地不斷叫著魔王，顫抖個不停。

……話說，魔王？

「不對，魔王怎麼會在城堡外面？」

經過惠惠的摸頭安撫後，芸芸大概總算是恢復平靜了吧，對著歪頭不解的我說明。

「我、我們仰賴阿克婭小姐的能力，成功闖進這座城堡裡……然後，我們用魔法消除身影在城內探索，結果突然連續發生了好幾次針對魔王城的神祕爆炸……阿克婭小姐說，一定是魔王發現自己的天敵女神闖了進來才這樣大鬧，打算把我們連同城堡一起活埋，所以我們才像這樣匆匆忙忙地跑來入口……」

我和達克妮絲不經意地看向魔王。

揹著瑪納礦石的紅眼魔王被我們這麼一看，轉過頭去。

——對喔，這麼說來！

「喂，那阿克婭說完之後跑哪去了？」

「這、這個嘛……！」

好不容易才會合了，卻只有最重要的阿克婭不見蹤影。

芸芸露出一臉過意不去的表情，正準備要說明時，同樣帶著苦澀表情的御劍打斷了她。

「我們和阿克婭大人，就是……走散了……突然發生的爆炸騷動讓城內陷入一陣慌亂，但我們在陷入混亂之餘，仍使用芸芸的隱身魔法及我的夥伴的潛伏技能來到了這裡……我想，阿克婭大人應該就在這附近不會錯。她直到前一刻都還和我們在一起，只是我們稍微一不注意就……」

那傢伙連在這麼短暫的時間內都能搞出麻煩來嗎？

應該說，在一起逃命的狀況下是要怎樣才能走丟啊？

「抱歉……我對你說了那麼多大話，卻沒能夠保護好阿克婭大人……嘖，什麼魔劍勇者啊，連一個喜歡的人都保護不好……！」

「不是，不好意思打斷你一頭熱的時間，不過那傢伙經常走丟。她老是這樣，所以你不用太在意。比起反省，現在還是先去找那個傻瓜吧。」

要是御劍一直消沉下去的話也很讓人傷腦筋，所以我才這麼說，不過要是阿克婭在一個人的時候遇見魔王軍的士兵就會當場完蛋。

那傢伙的運氣那麼差，我也不覺得她能一直不遇見敵人，現在得趕緊找到她才行……

——踏進城內的我們和御劍一起迅速決定今後的方針。

「現在事態緊急，雖然不太想散開，不過我們還是分頭去找阿克婭吧。要是敵人出現了就放聲大叫，讓御劍或芸芸趕過去解決。不是我自誇，你們最好不要把我們當成戰力。」

「我、我知道了。既然你都大大方方地說得那麼篤定，那我就不把你們當成戰力了。要是碰上什麼麻煩儘管叫我們吧。」

我叫惠惠和達克妮絲不要走出芸芸或御劍聽得到的範圍，然後一邊用感應敵人技能，一邊在附近探索。

我在戰鬥方面是讓人很不放心，但對於隻身潛入和找人很有自信。

遠離了大家探索的區域，我決定去找阿克婭可能會去的地方。

……這附近沒有敵人。

看來部分在一樓的敵人們多半都在惠惠剛才大轟特轟的時候慘遭討伐了。

照這樣看來，能找出陷阱、感應敵人，就連潛伏都會的我，應該可以再深入一點也不成問題吧。

「達克妮絲，我們走這邊看看吧。以阿克婭的個性，一定會害怕遇見敵人而逃進陰暗又不容易被找到的這邊。」

「不，她是和芸芸她們一起逃跑的對吧？既然如此，阿克婭那麼膽小，應該會希望大家趕快找到她，而逃向最寬廣的通道那邊……」

聽著這樣的聲音從背後傳來，我再次環顧城內。

城堡的內部構造簡直就像地城一樣。

牆上到處都亮著燈，或許是為了防範入侵者吧，通道相當錯綜複雜。

既然是魔王城，我原本想像的是更古怪嚇人的地方，但和城堡充滿威脅性的外觀正好相反，城內感覺頗為潔淨。

好吧，即使是魔族也不會喜歡不乾淨、濕氣又重的城堡吧。

——這時，觀察著城內的我忽然發現一個奇妙的東西。

在無法通往任何地方的通道盡頭貼著一張寫著「不准按」的紙條。

紙條前畫了一個魔法陣，它旁邊有個按鈕。

……這是怎樣，以陷阱而言未免太容易看穿了吧。

我試著發動偵測陷阱技能，不出所料，技能有了反應。

但我也只能知道這是陷阱，無法看出到底是怎樣的機關。

我姑且也有解除陷阱技能，不過這個技能在我第一次進地城時，請克莉絲教會我以後我就沒好好用過，所以不太能放心。

也罷，既然知道是陷阱，別碰就沒事了吧……

——這時，我靈光一閃。

慢著，這真的是陷阱嗎？

依常理推斷，沒有哪個笨蛋會中這麼單純的陷阱。

既然如此，這說不定是為了藏匿別的東西的掩護。

沒錯，比方說是連到魔王的房間隔壁的直達瞬間移動器什麼的。

為了在事有萬一的緊急情況下逃離魔王城，能夠瞬間移動到距離城門很近的這個地方之類的……

既然偵測陷阱技能有反應，這裡肯定設了某種機關。

不過，試著反過來這麼想的話呢？

為了藏匿緊急用的瞬間移動器，先設置某種輕微的陷阱。

沒錯，偵測陷阱技能會有所反應的並不是只有攸關性命的東西。

被傳送到目的地之後會有板擦掉到頭上之類的，這種程度的東西也會讓偵測陷阱技能有反應。

即使是魔王，怎麼說好歹也是王者之尊。

準備緊急時用的逃生口也不足為奇，魔王也不是一年到頭都只會窩在城堡裡面吧。

每次回到城內，想移動到自己的房間都得經過這座像迷宮一樣的城堡，還要爬到最高層的話也太不方便了，所以這絕對是隱藏通道。

更何況我記得人家說魔王年事已高，我敢肯定這不是陷阱——！

「哼……看來即使瞞得過凡夫俗子的眼睛，也騙不了我的慧眼啊……」

我一邊像這樣自言自語，一邊站到魔法陣上面，按下寫著不准按的按鈕。

……啊，糟了。

我因為識破隱藏通路就興高采烈地按下去，不過好像應該先告訴那些傢伙一聲。

算了，如果我想的沒錯，這應該不會是單行道。

確認會通到哪裡後就立刻折返——！

——等我回過神來的時候，眼前的光景已截然不同了。

這裡是個陰暗又潮濕的狹窄房間。

連像樣的照明都沒有的這個地方，感覺隨時都會有幽靈之類的東西冒出來。

而且還真的不知道從哪裡冒出了個像是女人啜泣的微小聲音……！

「糟了，是陷阱！」

「哇啊啊啊啊——！」

我登時叫出聲來，這時陰暗的房間角落傳出一個熟悉的慘叫。

…………喂。

「是阿克婭嗎……？」

「……咦？……和真……？」

我看了過去，正是淚眼汪汪地抱膝坐在房間角落，把自己縮成一團的阿克婭。

阿克婭先是露出傻愣的表情，隨後整張臉皺成一團……

「和、和真……！哇啊啊啊啊啊——！和真先生、和真先生、和真先生——！」

感動至極的她站了起來，大概是因為太過害怕了吧，接著便順勢往我的胸口撲過來。

憑著天生的幸運發動了自動迴避技能的我的身體，華麗地躲過飛撲而至的阿克婭。

## 3

「哇啊啊啊啊啊！嗚哇啊啊啊啊啊啊啊！啊啊啊啊啊啊啊啊——！」

「是我不好！可是，我也無可奈何啊，這是會有一定機率擅自發動的技能！好啦，是我不好，妳別哭了啦！」

因為我閃身躲開而一頭撞上牆壁的阿克婭依然哭個不停。

平常明明經常碰到更慘痛的遭遇，為什麼偏偏在這種時候……！

……好吧，再怎麼說也會哭，要是站在同樣的立場碰上同樣的事情，連我也會哭吧。

「喂，妳也差不多該安靜下來了吧，這裡可是魔王城喔！要是哭太久，魔王的部下會跑過來啊！」

「可是、可是……！人家才想說好不容易見到面的時候、和真就、和真就給人家啊啊啊啊啊！」

啊啊，夠了，麻煩死了！

「過來，讓我看看妳撞到哪裡，我幫妳治……『Heal』！」

我把手對準阿克婭頭上的腫包施展恢復魔法。

也不曉得是不是恢復魔法很有效，阿克婭被我施了法後立刻停止哭泣。

……不對，應該說是把眼睛瞪到不能再大……

「你、你恢復了我……和真、和真用了恢復魔法……！啊、啊啊、啊啊啊啊……！哇啊啊啊啊啊啊，你這個臭尼特，終於動念要搶走我的存在意義了是吧！將本小姐貶為廁所女神還不夠，現在連我唯一的長處都想搶走了嗎！很好，放馬過來啊，小偷尼特！原來我真正的敵人不是魔王而是你啊，現在我們就來做個了斷！」

「不要淨說那種話啦，麻煩死了！妳隨便在外面閒晃的時候，我可是辛苦得要死！竟然留下那種刷存在感的信後就搞消失，妳這個女人真的很難搞耶！」

我對著舉起拳頭的阿克婭發洩截至目前為止的鬱悶。

「竟然敢說我刷存在感又說我是難搞的女人，看來這下終究得給你一點天譴嘗嘗才行了……！你等著為激怒水之女神而後悔吧……！你準備遭受只有在洗頭的時候蓮蓬頭會沒水的天譴吧！」

「妳的天譴需要每次都這麼不起眼嗎！所以說……不對，喂，妳等一下！」

聽見遠方傳來的腳步聲，我發動了某個技能。

『我真的聽見女人的聲音了。』

『不會吧。這裡的樓層很高耶？我聽說入侵者還在一樓閒晃啊？』

隨著往這邊走過來的腳步聲，我聽見這樣的對話聲。

我發動的是名為黑暗追蹤者的特殊職業的竊聽技能。

根據教我這招的那個人表示，雖然追蹤者聽起來很像跟蹤狂，但其實是個類似暗殺者的帥氣職業就是了……

這時，不知道我學會那種技能的阿克婭說：

「怎麼了，幹嘛突然露出那種怪表情？難不成你想和我比誰比較會做鬼臉嗎？即使我再怎麼多才多藝，那種會破壞美女神形象的事情……」

「誰想跟妳比那種蠢事了！我才沒有在做鬼臉，這是我認真的表情！魔王的手下往這邊過來了！躲起來、躲起來！」

在陰暗的房間裡面，我和阿克婭急急忙忙地尋找能躲的地方。

「這麼說來，妳怎麼會在這種地方啊？難不成妳也按了那個按鈕嗎？」

「是啊，我中了那個利用寫了不准按就會讓人想按的心理的精良陷阱！那個陷阱那麼巧妙，魔劍哥和其他人不久後也會過來這裡吧。」

「說得也是。那是反過來利用人類心理的可怕陷阱。那些傢伙肯定也會來這裡。既然如此就得爭取時間等他們來了……可以躲的地方……啊。」

「「找到甕了！」」

我和阿克婭同時找到、摸到一個看起來能夠躲人的甕。

「……我說你啊，這個甕是我先找到的。你去找別的地方躲。」

「妳才該找別的地方躲吧……啊啊！」

我打開蓋子，發現甕裡面是水。

看來這是用來儲存飲用水的甕。

看見裡面的水，阿克婭哼笑了幾聲，撩起頭髮對我說：

「哎呀哎呀，這樣只有我能躲了呢。只有我這個在水裡面也能呼吸，美艷動人的水之女神可以……！」

阿克婭帶著勝而驕矜的表情如此挑釁。

「這種東西算什麼。」

「啊——！」

害我忍不住踢翻了那個甕。

甕隨著響亮的聲響裂開，灑得附近都是水。

『你聽見剛才的聲響了嗎！錯不了了，肯定有人！』

『在那邊！是從那個房間裡傳出來的！』

大概是聽見剛才的聲響了吧，即使不用竊聽技能也能聽見魔族的聲音就在外面。

「看你幹的好事！看你幹的好事——！」

「糟了，我居然犯下這種無聊的錯！都怪我太久沒吐嘈阿克婭了，一不小心就……！」

「和真偶爾就會有這種讓人家搞不清楚你是聰明還是笨的時候！怎麼辦，這樣會被找到啦——！」

「——誰在裡面！快出來！」

門被用力打開的聲響和粗獷的聲音在房間內迴響。

我和阿克婭決定賭一把，躲在房間的角落縮成一團。

大概是為了受惠於潛伏技能吧，阿克婭用力抓好我衣服的下襬，整個人緊緊地貼在我身上。

在黑暗中也能看到東西的我和阿克婭清楚地看見進到房間裡來的那些傢伙。

一個是身穿鎧甲的漆黑騎士。
另一個擁有超過兩公尺的巨大肉體，頭上長著兩根角的紅銅色鬼怪。
他們兩個放眼望著房間裡面……
「……沒有人呢。」
「是啊，太奇怪了，沒有任何人啊？」
在兩人分別這麼說的時候，他們身後又傳來一道聲音。
『不，有人在。有個超級閃亮、刺眼到令我厭煩的傢伙就在那裡！』
一個穿著破爛長袍的半透明幽靈確實指著阿克婭躲的地方，它的想法直接在我的腦內響了起來。
「明明只是個不死怪物，而且還只是鬼魂那種程度的傢伙，居然敢說本小姐令你厭煩，未免太囂張了！我現在就把你淨化到連一點碎片都不剩！」
「混帳東西，和妳待在一起的時候，我就覺得肯定會出事了！」
阿克婭從房間的角落跳出去指著那個鬼魂，而我也拔出達斯特借我的魔法劍跟著現身。
「果然是入侵者！快點叫大家來支援……不對……等一下喔。我總覺得這兩個傢伙看起來弱到不行耶……？」

「是、是啊，看起來確實是能輕鬆取勝的樣子。要打嗎？要打嗎？」

『真的假的啊，唯有那個女的我絕對不打喔！那傢伙真的很不妙！她身上的天敵氣味濃到不行！』

面對大放厥詞的魔王部下，我拿劍指著他們如此宣言。

「阿克婭，支援交給妳了！相對地，前鋒就包在我身上！在我們沒見面的短暫期間之內我學會了眾多技能，現在就讓妳見識一下我覺醒之後的力量！」

「呀——和真先生帥翻了——！吶，和真，可以變成才藝高手的支援魔法有需要嗎？」

「儘管來！那招非常棒！」

見我們進入戰鬥態勢，魔王的部下也擺出架勢。

「這、這些入侵者未免太吵鬧、太沒緊張感了吧！」

「幹掉他們！咱們把這兩個來亂的傢伙碎屍萬段！」

『光是靠近這個女的，我的身體就開始消失了耶！』

正在準備支援魔法的阿克婭不知為何帶著笑容對我說：

「吶，和真，不曉得為什麼。明明和平常一樣陷入危機，明明不是值得稱讚的狀況，不知怎地我卻覺得非常開心！」

「混帳，我也是！這是怎樣超不甘心的，但不知為何這種熟悉的感覺讓我很放心！」

戰鬥開始──！

## 4

有了支援魔法加持的我背對著阿克婭擺出架勢。

「阿克婭，那個鬼魂交給妳了！」

「包在我身上！啊哈哈哈哈，不死怪物竟敢出現在我眼前，簡直不知天高地厚！我該拿你怎麼辦呢！接下來我該如何欺負這隻鬼魂呢！」

『欸，雖然搞不太清楚狀況不過這傢伙好可怕！太不妙了吧，這個女的真的很不妙啊！不好意思，我可以逃走嗎？』

在魔王城的不知道哪個位置的房間裡面，阿克婭嚇唬著鬼魂。

「好吧，培因，既然如此我們來換對手！你和我一起對付這個看起來弱不禁風的男人！諾斯，你去解決讓培因感到害怕的那個女人！」

「好，包在我身上！培因，不然你要躲到我們後面也可以喔！」

『你在說什麼啊，要對付手上只有劍的前鋒職業當然是輪到我出馬啊！喂，那個男人你覺悟吧，物理攻擊對本大爺不管用喔──！』

與我對峙的那個看似鬼怪的傢伙做出指示。

騎士型的怪物一點一點靠近阿克婭，鬼怪和鬼魂則是像要嚇唬我似的拉近距離。

……感覺再這樣下去會不太妙。

「和真，這種時候該用那招！用你那招必殺技吧！」

「那招？在這種時候說什麼那招誰懂啊！雖然剛剛我自己才說過什麼覺醒不覺醒的，難不成我真的有什麼隱藏的力量會在這個危機當中覺醒嗎！」

『「「！」」』

聽我這麼說，怪物們開始提防那招，停止行動。

「不是啦，和真先生只是個要多平凡就有多平凡，能夠引以為傲的普通人！我不是那個意思，用那招啦、用那招！這種時候有那招可以用不是嗎！」

我轉頭看向背後，看見阿克婭伸出右手的食指和中指，輕輕放在自己的眼睛下面。

……原來如此！

「是這麼一回事啊！接招，『Flash』！」

「「嗚哇！」」

「呀——！」

這個魔法能閃瞎人，而我是個不會犯下同樣錯誤的男人。

我一邊以左手護住眼睛，一邊施展的閃光魔法，讓騎士和鬼怪掩面踉蹌。

「可惡，你這個死小鬼……！」

「唔，竟敢耍這種小手段……！」

我的閃光魔法對騎士和鬼怪好像生效了，但是……！

『我可不需要靠眼珠子！那招對我不管用！』

「那又怎樣，這樣你的同伴就無法行動了——！然後在視力恢復前你早就不在這個世界上了！阿克婭，輪到妳表現了，幹掉他！」

我一邊對不受影響的鬼魂說出勝利宣言，一邊對背後的阿克婭下達指示……！

「和、和真先生——！和真先生——！你、你在哪裡——！」

阿克婭的眼睛也和眼前的怪物們一樣被魔法閃瞎了。

「明明是妳叫我弄瞎他們的，為什麼妳也一起中招了啊！」

「可是可是，我又不知道你學會了這種魔法！我說的那招，是變土出來再用風吹的那種比較小人的方式！」

閉著眼睛的阿克婭拖著步伐，以摸索的方式抓住我的衣服。

看了我們這邊的狀況，這下輪到鬼魂勝券在握地放話了。

『太可惜了，小伙子，既然物理攻擊對我不管用，你就沒有任何勝算了！呀哈──！』

鬼魂因喜悅而扭曲了蒼白的臉孔並伸出雙手。

靈體構成的手臂延伸到不合常理的長度，眼看指尖就要碰到我了！

「休、休想得逞！」

就在這瞬間，我把黏在我背後的阿克婭推到前面去，將她當成臨時的肉盾。

『「呀啊啊啊啊！」』

隨著我這麼做，鬼魂和阿克婭都放聲尖叫。

鬼魂先前才說光是靠近阿克婭就讓他的身體開始消失，直接觸碰果然讓他受到相當慘痛的打擊。

「吶，和真，剛才那是怎樣！我瞬間覺得超冰的！」

『這個男人簡直鬼畜至極，竟然拿同伴當肉盾！混帳，我的手臂消失了啊啊啊！』

緊緊閉著眼的阿克婭吶喊道，鬼魂則是看著自己的右手哭泣。

「培、培因，狀況變成怎樣了？那個女的對你而言是天敵我現在知道了，你有沒有辦法至少把那個男的解決掉？」

『你、你這麼說我也沒辦法啊！諾斯、洛基亞，你們快點復原吧！』

騎士搖搖晃晃地面對完全無關的方向，對鬼魂喊道。

——這下，這些傢伙的名字我全都知道了。

培因是那個鬼魂，諾斯是騎士，洛基亞是鬼怪啊。

然後，目前諾斯和洛基亞的視力還沒恢復。

在這樣的狀況下，站在舉著劍的諾斯前面的是背對著他、站不住腳的洛基亞。

——好機會！

「諾斯，就在你眼前！男的正好在你眼前！砍死他！」

「好！」

「呀啊啊啊啊啊啊啊！」

我利用變成才藝高手的支援魔法模仿培因的聲音煽動諾斯，讓他砍了洛基亞。

「如何，砍死了嗎！」

『沒砍死啦，諾斯！你剛才砍的是洛基亞！啊啊，我的天哪……你這傢伙太鬼扯了吧，為什麼才剛見面就可以模仿我的聲音啊！』

巴著不支倒地的洛基亞，培因對著我哭喊。

「我我、我砍了洛基亞嗎！這這這、這是怎麼回事，幫我說明一下狀況啊，培因！」

培因叫得一副大事不妙的樣子，讓諾斯不知所措，整個人開始顫抖。

『那個男人模仿了我的聲音！諾斯在視力恢復之前先按兵不動吧！要是被你的魔劍砍到，我再怎麼厲害也會魂飛魄散！』

「這、這樣啊，我知道了！我安分地待著就是了！」

諾斯乖乖聽從培因的吩咐，站在原地不動。

於是我立刻確認喉嚨的狀況後……！

「沒錯，這樣就對了！真是的，是要害我多花多少工夫啊，你這個四肢發達、頭腦簡單的傢伙！我很久前就覺得你是個魯鈍的傢伙，沒想到居然連這種時候都扯我的後腿……！」

「培培培培、培、培因！你你你、你這傢伙，原來是那樣看待我的嗎……！」

『不不不、不是……！剛才是那個男的亂說……！混帳東西，竊笑什麼啊，你這傢伙，我宰了你！』

儘管對我拿來充當肉盾的阿克婭有所提防，暴怒的培因依然攻了過來。

他似乎把注意力完全放在阿克婭身上，但我可是有魔法武器的！

「該死的傢伙——！」

『好痛！你、你的武器是魔法劍嗎！嘖，你這傢伙乍看之下很好解決卻只有裝備還算可以嘛，不過靠近後是我有利！接招吧，看我的不死者絕招，『Drain touch』——！』

「唔喔喔喔！」

在諾斯和阿克婭盡力恢復視力時，我和培因打起了僵持不下的爛仗。

我用達斯特借我的魔法劍戳傷培因，他則觸碰我的身體吸取生命力。

「可惡、放開我啊混帳！『Heal』！『Heal』！」

『痛痛痛痛！你、你這傢伙連恢復魔法都會用嗎！不過很遺憾，以你那不成熟的劍術和恢復魔法，還是我吸收生命力的量比較多！』

糟糕，我的意識開始變得模糊了，雖然想用反不死者護盾，但不只培因，就連護盾本身也在提防我，害我無法稱心如意。

於是我把張開的左手伸進培因半透明的身體裡面！

『你想幹嘛……呀啊啊啊啊！你你你你、你這傢伙明明是人類，為什麼會用「Drain touch」……！快快、快住手啊你這個混帳，我會不見啊！』

我以「Drain touch」奪取培因的力量，他也不甘示弱地反吸。

總覺得從靈體流過來的冰冷魔力讓我的背脊不停地打冷顫。

感覺從不死者身上吸取的力量對身體非常不好。

我現在很能體會維茲不想從怪物身上吸取魔力的心情。

之前我吸過阿克婭和惠惠的魔力，總覺得和那個時候相比……！

『咕啊啊啊、我、我的身體……等等，為什麼你一臉不知該說什麼的樣子啊！』

「我只是覺得從鬼魂身上吸魔力一點也不高興！從美少女魔法師身上吸魔力的時候，感覺明明就更令人滿足！」

『你吸過美少女魔法師……！太、太令人羨慕了……！我可以理解你的心情，如果不是在這種狀況下遇見你，還真想和你暢談吸魔經歷……不過我們現在是彼此敵對的身分，差不多該做個了斷了，人類！』

……這個傢伙。

如果你不是鬼魂，一起喝酒應該很愉快吧……！

『「接招，全力以赴的『Drain tou』……！」』

「神光拳——！」

在我們彼此都準備全力施展「Drain touch」給對方最後一擊的瞬間，阿克婭消滅了培因。

「只要本小姐出馬，不死怪物就是這麼好解決。怎樣啊？怎樣啊？」

「妳、妳這個女人還是老樣子，完全不看場合耶……！」

阿克婭一副等人誇獎的樣子，忍不住偷瞄我，不過現在不是時候。

「你、你們這些傢伙，竟敢……！」

視力和阿克婭一樣已經復原的諾斯邁開步伐，沉重的鎧甲發出聲響。

我暫且試著舉劍，不過我虛弱的攻擊對這傢伙的重裝備能不能起得了作用，老實說我沒有自信。

「喂，阿克婭，這傢伙明明靠偷襲砍死了自己的同伴，卻像為了復仇而燃起鬥志的主角一樣拿出幹勁來了呢。」

「不愧是魔王軍的騎士大人呢，卑鄙的行徑不負邪惡之名。」

「製、製造契機害我砍死同伴的不就是你嗎，還真敢說啊！」

我試著嗆聲讓他失去冷靜，但他不愧是會出現在這種地方的敵人，我完全找不到破綻。

對付騎士這種用劍的專家，感覺不太可能瞄準鎧甲的縫隙刺傷他。

話雖如此，即使想發動「Drain touch」，感覺他也不會讓我碰到他的身體。

……這時，諾斯完全沒有前置動作，即刻朝我砍了過來！

「迴、迴避！」

「……嗯？你就只有閃躲的動作還不錯嘛。我可沒料到會被你完全躲過……」

我幸運地發動了自動迴避，躲過諾斯的斬擊。

不行，說穿了，我看不見他的劍。

不愧是守護最終迷宮的騎士，面對這樣的對手，即使正面拿劍和他互砍也無濟於事。

但身為遊戲玩家，我知道這種四肢發達的類型都怕魔法。

這在古今中外的遊戲當中已經是常識了。

「『Lightning』！」

「！」

我詠唱了中級魔法，伸出去的左手和諾斯之間連起一道藍白色的光芒，電光啪滋一聲奔馳而去。

諾斯整個人抖了一下，原本握著的劍脫手落地。

「和、和真先生真的學會了各式各樣的技能！怎麼會這樣，居然可以正面用直接開戰的方式制伏敵人，感覺就像故事的主角似的！這樣太奇怪了吧！」

「妳、妳很吵耶，我偶爾也有會好好戰鬥的時候好嗎！」

在亢奮的阿克婭自顧自地這麼喊叫時，諾斯撿起他沒拿好的劍。

「不好意思，在你們聊得正開心的時候插個話。我只是有點嚇到罷了，剛才的魔法只讓我有輕微的觸電感。」

「……別在意！別放在心上喔，和真！不過這讓我放心了一點！」

「吵死了，你們兩個從剛才開始就瞧不起我是什麼意思！我原本還想保留魔力的，既然如此就讓你們見識我的最後王牌好了！」

「「！」」

聽了我的宣言，諾斯把劍舉在自己身前擺出正眼的架勢，壓低身子。

阿克婭似乎在我身後緊張不已地守候著，不過沒問題的，妳不用擔心。

對付魔法抵抗力不高的敵人，我有一招必殺的王牌！

「會是什麼呢……會是光束嗎……！終於要發出光束了嗎……！」

阿克婭在緊張不已之餘眼睛倒是閃閃發亮，看來並沒有在擔心我。

在阿克婭以期待的眼神看著我的同時，我口中唸唸有詞，輕聲詠唱著魔法。

諾斯見狀，將已經壓低的身子蹲得更低……

「我不知道你想用什麼，不過我會在你發動魔法的瞬間在你的肚子上開個洞。我先告訴你我會用哪招……是突刺。我會連同你身後的女人一起，一劍刺穿你們兩個。你要是像剛才一樣躲開的話，就輪到那個女人沒命了喔？」

「……聽到了沒！阿克婭，妳要抱持必死的決心閃躲喔！」

「吶，你的意思是你完全打算要躲開對吧！你一點都沒有要以身為盾保護柔弱又美麗的女神的意思嗎！」

在完成詠唱、隨時都能施展魔法的態勢之下，我觀察著諾斯的動作。

阿克婭在我身後抓著我的衣服後背，讓我非常在意。

這傢伙是打算在情況危急的時候拿我當肉盾嗎？

拿同伴當肉盾這種事情，無論是身為人還是身為女神都很不應該吧。

……難不成是我剛才拿她去擋鬼魂，她才這樣鬧我嗎？

「……你們到底是怎樣啊？從哪裡冒出來的？我也是不久前才聽到結界被攻破這件事。這裡的樓層這麼高，除非是實力非常堅強的人否則根本到不了這裡……不過……我記得，這個房間應該是負責設陷阱的那些傢伙半開玩笑地設置的那個搞笑瞬間移動陷阱的傳送地點……才對…………」

一邊搖晃著劍尖，一邊碎唸的諾斯不久後像赫然驚覺了什麼似的抬起頭來。

「你、你們兩個……我想應該不至於，不過你們該不會是中了那個愚蠢的陷阱吧！」

「不不不、不是喔！我早就看穿了那是陷阱！我可是看穿了這裡是通往魔王的房間的最短路線，才故意上當！」

「沒、沒錯沒錯，那是陷阱這種小事我也是打從一開始就看出來了！我雪亮的眼睛看穿了這裡是捷徑！」

聽我和阿克婭辯解個沒完，諾斯先是輕聲「咦咦……」了一下。

「你們肯定是中了那個傻瓜陷阱……」

「你別想再多說一個字！吃我這招————！」

在我發出魔法的瞬間，諾斯即刻做出反應，以劍尖指著我衝了過來。

可惡，我本來還以為能夠出其不意的，沒想到他的反應這麼快！

照理來說，無論我施展的是任何魔法，在這個狀況下都會兩敗俱傷吧。

但是，我所使用的王牌是……！

「『Teleport』！」

「！哼哼，是瞬間移動啊！太遺憾了，瞬間移動對本大爺……」

中了瞬間移動魔法的諾斯維持拿劍突刺的姿勢好像想說什麼，但在劍尖碰到我之前就被傳送走了。

而且不知道為什麼，只有鎧甲「匡啷」一聲留在現場。

「和真連瞬間移動魔法都會用了……！太誇張了，這個男人真的擁有隱藏的必殺王牌！……吶，剛才那個人被你傳送到哪裡去了？」

「阿克塞爾的警察局。」

我在踏上旅程之前登錄好的瞬間移動目的地目前有兩個。

阿克塞爾的警察局前面，還有和巴尼爾他們一起去的地城的最下層。

把他送去地城也行，只是我和巴尼爾約好了，回到鎮上後要帶他去最下層拿留在那裡的寶物。

要是那個騎士在那裡等我自投羅網的話，我很有可能在瞬間移動過去的瞬間就被殺掉，所以為了保險起見才沒這麼做。

「你把那種東西送過去，警察先生會哭吧？」

「有問題找國家公權力就對了。他們平常連鎮上的小混混和粗暴的冒險者都在取締，區區的怪物只是小菜一碟吧……哼，覺醒的我一出手大概就是這麼輕鬆寫意了。」

見我露出氣定神閒的笑容，阿克婭帶著閃閃發亮的眼神對我說。

「看到你還是一樣只會靠別人我就放心了！和真先生果然還是要雜碎一點才像你！」

「啊哈哈哈，妳這傢伙——！再說那種瞧不起我的話，我可要一個人用瞬間移動魔法閃人了喔——！」

「討厭啦～和真先生老是開玩笑！噗——嘻嘻——！……你是開玩笑的對吧？吶，你是開玩笑的對吧！」

我沒理會巴著我不放的阿克婭，再次環顧室內。

房裡只剩下被信賴的同伴砍死的可憐鬼怪的亡骸，以及諾斯原本穿在身上的鎧甲。

「為什麼那傢伙的鎧甲沒被傳送走啊？」

「……我猜，被傳送走的那個人應該是魔法抵抗力很弱的人吧？你還記得吧，以前那個無頭騎士也在鎧甲上面附加對抗神聖魔法的庇佑對吧？然後，要是無法抵抗瞬間移動魔法的話，被傳送到奇怪的地方很有可能會立刻死掉。如果是妨礙瞬間移動魔法本身倒是沒什麼問題，不過我看他是弄巧成拙，附加了禁止瞬間移動的庇佑吧。」

…………

「所以才會發生鎧甲沒被傳送走，只有裡面的那傢伙被傳送走了這種事情嗎？這樣應該是缺陷品吧？」

「你問我，我也沒辦法回答啊。他看起來就是個四肢發達、頭腦簡單的騎士。」

……真的假的啊？

也就是說，自信滿滿地想說類似瞬間移動魔法對他無效的那傢伙，話還沒說完就被赤身裸體地傳送到警察局前面去了嗎？

不，再怎麼樣也會在鎧甲底下穿衣服吧，我只想如此相信……

「害我原本還以為我的必殺瞬間移動魔法有缺陷呢，沒問題就好。總之，我們先在這裡乖乖等那些傢伙過來再說吧。」

「也對。那個陷阱那麼巧妙，大家一定也會立刻過來吧。」

沒錯，連本大爺都中了那個陷阱，那些傢伙一定也會過來的。

如此確信的我和阿克婭決定蹲在房間角落等大家來——

# 第二章

# 為女神帶來幸運！

## 1

「「還不來。」」

在我們被傳送到這裡來之後不曉得到底過了多久。

我和阿克婭一邊在房間角落玩文字接龍一邊等，但完全沒有會有人來的跡象。

「這是怎麼回事，難道那麼巧妙的陷阱沒騙到任何人嗎？不對不對，怎麼可能會有這種蠢事……」

我摸著下巴自言自語，阿克婭則一邊輕輕點頭一邊說：

「……或許，他們連那個巧妙的陷阱都沒發現也說不定。你想想，惠惠一心只有破壞東西，達克妮絲看見東西就只會想撞上去耶？我不覺得那兩個孩子有那麼細心。」

……這個說法我可以接受。

「我的天啊！也就是說，那些傢伙現在迷路了，還得由我們把他們找出來才行嗎？」

「就是這麼回事了吧。真是的，我才稍微沒注意就能轉眼間走丟。那些孩子真是沒有我跟著就不行呢，真是的！」

因為和大家走散而迷路的我們損那些不在場的傢伙損得很開心。

……我們也不能一直像這樣待在這裡。

話雖如此，現在該怎麼做才能和大家會合呢？

我在房裡找了一陣子，但這裡並沒有設置能夠回到傳送地點的瞬間移動器。

和我們交戰的諾斯說過這裡的樓層很高。

意思就是我們現在被送到最後的迷宮相當後面的部分。

「……吶，阿克婭。我們倆自己探索危險的魔王城和直接用瞬間移動魔法回家，妳覺得哪個選擇比較好？」

「我想投用瞬間移動魔法回家一票。」

我們在這方面真的很合得來。

「……其實我也很想那麼做。可是我不覺得惠惠和達克妮絲會放棄她們最喜歡的我而回家，這下該怎麼辦呢？」

「是啊……我也不覺得那兩個人在見到她們最崇拜的我之前會願意回家。」

在恣意地說著這種她們倆在場肯定會被罵的事情之餘，我和阿克婭又多等了一會兒。

——就在這個時候。

「……？遠方好像有某種兵荒馬亂的聲響。妳在這邊等一下。」

人員慌亂地跑動聲從房間外傳了進來。

我發動竊聽技能，試著掌握外面的狀況……

『叫支援，快叫支援！』

『樓上的傢伙也下樓來！入侵者在樓下大鬧！打破結界的那些傢伙好像正一路往上！』

『不要啊啊！我明明就聽說魔王城的警衛是安全又安穩的菁英職業！我想起來了，我忘記餵我養的尼祿依德了，我可以回家嗎！』

看來是御劍和芸芸他們為了找我而大鬧魔王城的樣子。

……既然如此，在這裡多等一下應該比較安全吧？

「大家好像在大鬧魔王城，正在逐漸往上爬的樣子。」

「這樣啊，不愧是本小姐選中的傳說中的隨從們呢……勇者們試圖拯救在魔王城裡無法行動的女神。吶，你不覺得這個狀況非常有張力嗎？」

「正確來說，是搶救離家出走又迷路，最後還中了陷阱，在魔王城裡不知所措的女神就是了。」

對於我的吐嘈，依然抱著腿坐在我身旁的阿克婭一臉不滿地戳著我的肩膀。

……對喔，這麼說來。

「我說妳啊，見到惠惠和達克妮絲的時候要道歉喔。回到家裡之後，達克妮絲肯定會找妳去訓話訓很久。平常都和妳一起待在挨罵的一方的惠惠，我想這次八成也不會袒護妳。」

「……和真先生、和真先生，回到家裡以後我把我最寶貝的奇形石送給你，你幫我美言幾句好不好？再怎麼樣，這次我也有那麼一點點在反省了。」

還只有反省那麼一點點喔，我實在很這麼教訓她，但這個時候弄哭她也很麻煩。

反正她們倆應該會連我的份狠狠罵阿克婭一頓吧。

——話說，我應該還有很多想在見到這傢伙時要說的事情才對啊。

像是懶散的我只為了追趕這傢伙而進地城去鍛鍊自己，為了打破結界而散盡家財，還有阿克塞爾那些傢伙們有多擔心妳之類的。

甚至連原本應該和女神敵對的維茲和巴尼爾都協助了我。

這次旅行途中發生的種種，還有抱怨阿克西斯教徒有多麼無可救藥。

還有其他一大堆事情，照理來說我應該有很多話想說才對，但看見這傢伙徹底放心的蠢樣我就……

「……？怎麼了，幹嘛看著我的臉露出那種奇怪的表情啊？是不是太久沒見面了，看見女神尊爵不凡的樣貌讓你大受感動啊？如果你還有那麼一點尊敬我的心意，今後晚餐的菜色就煮我想吃的……好痛好痛、會痛啦！是我太得意忘形了，我很抱歉！啊啊，可是怎麼說呢，感覺也真的很久沒有玩這種套路了！」

……就像這樣，阿克婭明明被針對卻不知為何有一點開心，而正當我拉扯這樣的她的臉頰時——

『你們都給我聽清楚了！魔王陛下的千金率領大軍和人類展開決戰，聽說，目前對上王都的騎士團占有壓倒性的優勢！要是魔王千金凱旋歸來之際，負責保護城堡的我們還沒能處理掉入侵者，這可是必須究責的大問題！接下來我們要去每一層樓清查所有的房間！找出入侵者，將他們大卸八塊！』

發動了竊聽技能的我的耳朵聽見了這樣的一番話——

「——吶，和真，真的要這麼做嗎？目前為止我也遇到不少慘兮兮的狀況，但我現在的不祥預感強烈到讓那些遭遇都沒得比了。」

「話雖如此，就這樣讓他們調查每個房間也會完蛋啊。我也很害怕，可是一開始沒頭沒腦地衝出家門跑來魔王城的明明就是妳吧？而且，現在真的是或許能夠打倒魔王的大好機會喔？」

再這樣下去遲早會被找到。

所以，我擬定了一個起死回生的作戰計畫……

「話是這麼說沒錯，但我已經非常不想管魔王了耶。應該說見到和真後害我鬆懈了下來，只想趕快和她們倆見面，一起回家。」

身為女神竟然如此膽小，那她之前留下來的那封信究竟是什麼意思啊？

……不過，她的心情我非常懂。

「我也沒很想去魔王身邊啊。可是妳想想，大家都幹勁十足了對吧？這種時候，要是我們兩個說出什麼還是覺得魔王很可怕，所以要回家這種話來，妳覺得會怎樣？」

「就算被丟石頭也沒辦法抗議。」

「對吧？所以說，我們先離開這裡和大家會合。之後只要能夠抵達魔王的房間就好，我已經有想法了。到時候再讓妳見識我真正的必殺技。」

說著，我把頭盔重新拉低戴好。

——我說的頭盔，是剛才被瞬間移動魔法傳送走的那個鎧甲騎士的東西。

到頭來，我還是不知道這套鎧甲裡原本裝的是怎樣的怪物，不過鎧甲上沒有野獸的臭味，說不定其實是很接近人類的類型。

尺寸大了一點，不過穿上鎧甲也不會重到讓我走不動。

「必殺技是什麼！光束嗎？這次終於要發光束了嗎？還是說，其實是本小姐的宴會才藝……！」

「哪有可能啊。別說了，妳也趕快準備。對了，妳再重新幫我施展一次變成才藝高手的魔法。然後我呢……哼、哼、哼……看來動用這個寶貝的時候終於到了……」

我邊露出詭異的笑容，邊拿出阿克塞爾的上級職業——暗殺者先生給我的有毒魔藥。

「和真先生、和真先生，我覺得那是準備打倒魔王的勇者不該使用的東西。女神的本能用力告訴我要淨化那瓶魔藥。」

「住、住手喔，老實說我也覺得這樣不太對……但教我必殺技能的暗殺者先生叫我把這個也帶著，然後就給了我這瓶魔藥。如果是為了保護這個世界，不管要我把手弄得多麼骯髒我也在所不惜。為了夥伴、為了大家，我要全力以赴才不會後悔。」

我一邊牽制打算多此一舉的阿克婭，一邊將瓶子裡的魔藥滴在達斯特借給我的魔法劍的劍尖上。

「別以為把話說得那麼好聽就可以蒙混過去，和真先生真是越來越偏離勇者的王道了。你該慎選來往的朋友才行喔。」

「我都已經和阿克西斯教的主神住在一起了，和怎樣的朋友來往還有差嗎……喂，住手喔，這瓶魔藥很貴的，趕快打消淨化的念頭！」

我連忙把塗了魔藥的劍收進劍鞘。

「……好了，妳準備好了沒？要開始嘍？」

「我這邊隨時都可以……吶，和真，你不要對我太壞喔。要是你的態度真的太差勁，我可不會忍耐喔。不是我自誇，我可不是很能忍耐的那種人喔？」

多虧了這麼久的交情，妳是個不懂得忍耐的女人這件事，我比任何人都還清楚。

我打開房門，穿著黑色的甲冑以諾斯的聲音大喊。

「找到入侵者了——！」

2

穿著鎧甲的怪物們團團圍著我和阿克婭，這時一個帶著巨大的雙手斧，身材魁梧的山羊頭怪物搖了搖頭。

「……不行，洛基亞那個傢伙沒氣了。看來丟下那個女人逃走的男人是個武藝相當精湛的高手……你們看洛基亞身上的傷痕。傷口這麼漂亮，看起來就像是在毫無防備的狀態下砍了他一劍似的。」

因為確實是在毫無防備的狀態下砍的。

聽了山羊頭的鑑識報告，拿武器指著阿克婭的蜥蜴頭怪物氣憤不已。

「可惡，我要為洛基亞報仇！咱們把這個來不及逃跑的女人大卸八塊！」

「怎、怎樣啦，想打架嗎！本小姐很強的喔！匯聚在我身上的阿克西斯教徒們的信仰可不是擺著好看的！」

阿克婭如此對蜥蜴頭回嘴，擺出架勢嚇唬怪物們，結果圍著她的怪物們臉色大變，大退一步。

「阿克西斯教徒！這傢伙居然是阿克西斯教徒，我的天啊！」

「慘了，我和阿克西斯教徒交談了！」

「髒爆了！」

「喂，我可不要喔！我不要和阿克西斯教徒那種東西扯上關係！」

「唔哇啊……你們看那頭藍髮，確實很有阿克西斯教徒的味道——！」

怪物們遠離我和阿克婭，就這樣竊竊私語了起來。

「…………！」

「唔哇！喂，諾斯，你要好好制住那個傢伙喔！」

「好險！差點就要被阿克西斯教徒碰到了！」

阿克婭作勢要撲向那些口無遮攔的怪物，這般威嚇行動嚇得在場所有怪物都大退一步。

而這樣的阿克西斯教瘋狗，也就是阿克婭，被我用手上的拘束技能用的繩索像溜狗繩一樣綁著脖子。

阿克婭本人表示，和手腳被綁住無法動彈比起來這樣還好一點，所以才變成現在的狀態……

「喂，諾斯，我看你還是把那個傢伙丟到城外去好了……應該說你這傢伙武功是不錯，但腦袋果然不太靈光呢……那個傢伙是阿克西斯教徒喔。諾斯，你不怕那個傢伙嗎？你是不是根本不知道阿克西斯教徒是什麼啊？」

和其他怪物一起隔著一段距離觀望阿克婭，看似這些傢伙的統籌人的山羊頭這麼問我。

……沒錯，他問的是假裝抓到阿克婭，扮成鎧甲騎士諾斯的我。

聽山羊頭的說法，那個叫諾斯的鎧甲騎士果然是四肢發達、頭腦簡單。

我記得那傢伙的聲音，不過他的語氣是怎樣來著……

我摸了摸喉嚨，回想起他的聲音……

「不，老大，那可不成！這個女人是對付那個逃掉的男人的王牌！畢竟那個叫什麼和真的男人，不但武功強到不像話，還會使用魔法，是個萬能型的強敵。但只要有這個女人當人質，我們就沒有會輸的要素了！現在正在大鬧的那些人也能用這傢伙把他們引過來！」

就像這樣，我模仿諾斯的聲音這麼說，怪物們不知為何大退了一步。

奇、奇怪？

聲音應該是很像才對啊……

「喂、喂，諾斯，你是不是在戰鬥中撞到頭了啊？你的腦袋原本就不太靈光，現在連說話方式都變得很白痴喔。我不是叫你要用比較像騎士的方式說話嗎？這樣看起來還會稍微聰明一點……」

「應該說，居然說要抓女人當人質，你怎麼變得這麼壞啊……」

「不行啦——這樣不太行吧——」

在怪物們紛紛對我這麼說的時候，山羊頭摸著下巴沉思了一下。

「……嗯，只有武功可取的你都說是強敵了，要對付那種敵人的話還是留下這張王牌比較好。好，諾斯！你帶著那個女人跟我們走！聽好了，你要好好看住她喔！千萬別讓那個女人接近我們喔！」

山羊頭一次又一次地這麼強調後，轉身背對我們……

「…………」

這時阿克婭悄悄衝過去，在山羊頭的背上亂摸了一陣。

「啊——！瑪門大人被阿克西斯教徒摸到了！」

「噁！瑪門大人好髒喔！」

「諾斯——！我不是叫你好好看著她嗎——！混帳，快住手喔，阿克西斯教徒，閃一邊去！噓、噓！」

——我和成群的怪物一起走在陰暗的魔王城裡面。

或許是其中也有不具備夜視能力的傢伙吧，有人拿著火把。

……要是我的真面目穿幫的話，熄掉火把應該對我有利。

我一邊思考萬一時的事，一邊帶著阿克婭走在最後面。

也沒有人打算加害阿克婭當成是為同伴報仇，目前還算順利。

目標是就這樣平安和御劍他們會合，還有打聽魔王的所在之處。

……就在這個時候。

（和真先生、和真先生。）

走在我前面不遠的地方的阿克婭輕聲叫了我。

因為帶著被當成髒東西的阿克婭，連我也被怪物們保持距離了，然而即使是這樣，我還是不希望她找我說話。

（幹嘛啦，我不是叫妳不要找我說話嗎？）

我小聲這麼回應，阿克婭一臉若有所思地說：

（這個狀況已經讓我瀕臨忍耐的極限了。為什麼我還得被當成髒東西不可啊？這怎麼看都不是對待女神的方式吧？我本來預期的是被惡勢力囚禁的悲傷女神那種感覺耶。該怎麼說呢，這比較像是感染了狂犬病的野獸之類的待遇吧。）

（妳再稍微忍耐一下啦。面對這麼多敵人，連逃跑也很危險喔……哎呀，好像到了。）

我和阿克婭被帶來的地方是一個空間寬敞，且到處都有靠牆擺放的武器的大廳。

有超過十個穿著和我一樣的鎧甲的鎧甲騎士在大廳裡待命，呈現俗稱怪物房的狀態。

這是怎樣？太殺了吧！我在每個鎧甲騎士身上都感覺到強敵氣場呢。

……這時，正當看見這一幕的我和阿克婭不敢走進裡面的時候。

「你們大家聽好了，我們抓到一個入侵者了！聽說闖進來的那些傢伙強得可怕。再加上他們撼動城堡幾乎使得城堡崩塌，要是正面交戰甚至有無法保護好魔王陛下的危險！所以諾斯提了一個好主意……我們拿這個被我們抓住的女人當人質，將入侵者一掃而空！」

「「「喔喔喔喔喔——！」」」

在場的騎士們安心的沉重嘆息化為了吼叫。

看來惠惠那樣大鬧了一場在魔王軍心中留下了嚴重的精神創傷。

……好吧，也不能怪他們，原以為自己居住的城堡很安全卻突然遭受轟炸，維持已久的結界也遭到破壞。

而且那個什麼最強的守門人也吃了敗仗，城堡面臨著被人登堂入室的狀況。

「太好了……得救了……！」

「話說回來，抓女人當人質啊……我原本以為諾斯是個正直的傢伙，沒想到居然說出這種話來……」

「不是我要說，抓人質未免也太小家子氣了吧？可以這麼做的，頂多只到各地區的管理階級那些人吧？我們可是魔王陛下的直屬近衛隊喔。這樣好嗎？」

在魔王軍的傢伙們各自表達意見時，山羊頭走向房間深處。

那應該是某種魔道具吧。

山羊頭對著香菸盒大小的魔道具……

「我是魔王城最高樓層的近衛隊長，瑪門！我們抓到了一名入侵者！目前正在和入侵者交戰的部隊，快把這件事情告訴那些傢伙！我們抓到的入侵者是阿克西斯教的祭司，告訴他們，不希望這傢伙被殺掉的話就趕快投降！」

自稱瑪門的山羊頭這麼說完，便露出笑容坐了下來——

## 3

在依然沒有任何消息的房間裡，怪物們緊張地嚴陣以待。

阿克婭目前出乎意料地還算安分。

……是說，這傢伙剛才還打了一個呵欠。

是因為有能在緊要關頭用瞬間移動魔法逃跑的我在身旁讓她很放心嗎？

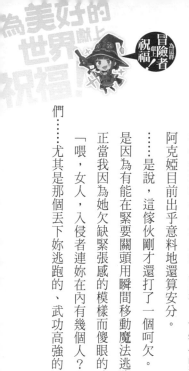

正當我因為她欠缺緊張感的模樣而傻眼的時候，瑪門詢問阿克婭。

「喂，女人，入侵者連妳在內有幾個人？不想自討苦吃的話就把妳知道的事情都告訴我們……尤其是那個丟下妳逃跑的、武功高強的，名叫和真的男人。那傢伙的職業是什麼？裝備呢？還有戰鬥方式和過去的戰績，以及個性。把妳知道的事情一五一十全招出來。」

大概是想打發抓到御劍他們之前的時間吧，瑪門試圖問出我的事情。

不好，要是阿克婭說了太多不該說的，露出馬腳的話就傷腦筋了。

「要我告訴你也可以，不過我口渴了，泡茶給我喝吧。」

「妳這個女人！」

阿克婭任性的要求讓一名騎士氣憤不已。

……然而，瑪門舉起手來制止了他。

「不過就是茶而已，泡給她喝吧。反正，這也是她能喝的最後一杯茶了……泡最好的茶給她。」

瑪門展現出頭目級的氣度，命令一名騎士泡茶。

「……好了，先從入侵者的人數，還有那個叫和真的傢伙的職業告訴我們。那傢伙的職業是什麼？十字騎士嗎？還是劍術大師？從留在洛基亞身上的傷痕看來，應該不會是魔法師類的職業吧。」

「人數……連我在內，總共有八個人吧。然後，和真先生的職業是冒險者。」

阿克婭答得乾脆，讓現場陷入一片寂靜。

然後——

「「「「噗哈！」」」」

在場除了我和阿克婭以外的所有人都噴笑。

「冒險者！妳說他是最弱職業的冒險者！少說那種傻話了，那種弱雞要怎麼到這座城堡啊，噗哈哈哈哈！……喔喔我知道了，那個傢伙是負責扛行李的嗎？然後，技能分配全部集中在劍術上面之類的，大概就是這麼回事吧！」

在房間裡的騎士們哄堂大笑時，瑪門也笑著這麼說，但阿克婭聽了直搖頭。

「不是喔。和真先生會用劍，但也會用魔法。最囂張的是他連恢復魔法都學了。另外他還會用瞬間移動魔法，還有一招叫什麼『Drain touch』的不死怪物技能，以及其他各式各樣的招術……啊，謝謝。」

阿克婭接過端給她的茶水，道了聲謝。

在鴉雀無聲的環境中，只有阿克婭喝茶的聲音在房間裡迴響。

「吶，這是熱開水耶？」

阿克婭遞出來的茶杯裡面裝的確實是熱開水。

「喂，不准用那種小手段整她，是不是想害我沒面子啊！我知道洛基亞和培因被殺了讓你很氣憤，但也不該做這種無聊的事情！」

被瑪門怒罵，那名騎士連忙接過阿克婭的茶杯，歪頭去泡新的茶。

……是這傢伙把茶水變成熱水了吧，別這樣啦，幹嘛整人家啊。

瑪門清了清喉嚨，端正姿勢開了口。

「我的部下不應該做出那種無聊的事情。話說回來，『Drain touch』是吧？那應該是只有不死者才能用的稀有技能才對啊……算了，還是繼續問吧。那個叫和真的傢伙有些什麼裝備？像是黑髮黑眼的那種人偶爾會拿的那種傳說級的裝備之類的嗎？如果是的話，他能夠葬送洛基亞和培因就很合理了。若是對付那種傢伙，只要派會用竊盜技能的上場……」

阿克婭對正在思索的瑪門說：

「和真先生的裝備基本上都是市面上賣的東西。有很長的一段時間，他只靠一把便宜的短劍和你們的幹部周旋了好幾次呢。現在，他請人打造了一把只有形狀像，名字又很怪的山寨版日本刀，在傍晚的時候一邊唸著『制裁～』一邊練揮劍……啊，謝了。」

聽阿克婭邊接過新的茶邊這麼說，房間裡又安靜了下來。

應該說，這傢伙在我偷偷練習那個的時候偷看了是吧？

拜託妳不要暴露別人的丟臉事蹟好嗎？

——這時，一名鎧甲騎士低聲說了。

「……我好像聽說過。那個叫什麼和真的男人的事蹟……我記得，有個接連討伐了我們的幹部，非常不得了的惡徒，名叫佐藤和真……」

在騎士的這番話讓房間內陷入一片寂靜時，阿克婭說了。

「這是熱開水耶。」

毫不講道理地揍飛了那個幫阿克婭泡茶的無辜騎士，瑪門帶著緊張的神情追問：

「那、那個男人，和討伐了幹部的佐藤和真是同一個人嗎？」

「是同一個人啊。你們的幹部當中沒回到城裡來的那些人，多半都是跟和真先生有關。貝爾迪亞、巴尼爾、漢斯、席薇亞、沃芭克、賽蕾娜。據我所知，被和真先生解決掉的幹部就有這麼多了吧。」

大概是說到興頭上了吧，阿克婭流暢地列舉我的戰果。

「其他像是……比方說在鄰國解決了假扮宰相的怪物之類的，再來就是以機動要塞毀滅者為首，在驅除各種懸賞怪物的時候都是他負責指揮的。」

大廳裡已經完全鴉雀無聲，從剛才開始就只剩下阿克婭和瑪門在問答而已。

在寂靜的環境中，可以聽見有人緊張到吞口水的聲響。

聽著這般聲響，阿克婭大概是開始覺得嚇這些騎士很好玩了吧，喋喋不休地說個沒完。

「再來還要說什麼啊，你剛才還說想問戰鬥方式和個性是不是？那個男人基本上就是卑鄙兩個字。卑鄙又陰險，而且還很會耍小聰明。一旦進入戰鬥，他根本就不可能正面和敵人交戰。沒錯，比方說他會從遠方用夜視和遠視一直監視你，然後用狙擊技能一招斃命之類的。還有使用潛伏技能躲起來，從背後偷襲之類的也是他很有可能採用的手段。」

說誰卑鄙又陰險啊，晚一點我一定要給她一掌。

「狙擊技能……潛伏……」

瑪門略顯緊張地喃喃自語時，阿克婭一邊接過新端過來的茶水一邊說。

「沒錯，就是潛伏。而且他連感應敵人這種技能都會用，即使躲起來也能清楚察覺你們的動向……不對，說不定……和真先生早就在這個房間裡面了！」

「「「噫——！」」」

在阿克婭嚇得騎士們放聲尖叫時，我為了隨時能對瑪門展開攻擊，緊緊握住劍鞘。

話說，不要連那麼不該曝光的情報都告訴人家，幹嘛讓敵人有所戒備啊！

在瑪門心浮氣躁地戒備著四周時，阿克婭喝了一口茶之後小聲說道。

「還是熱開水啊。」

「等一下！這件事從剛才開始就一直很奇怪，我確實泡了茶……不是的，瑪門大人，真的不是！我真的確實泡了茶！」

瑪門站了起來，準備制裁那個被阿克婭惡整的騎士，而就在這時。

「瑪門大人，抓到入侵者了！敵人中有個拿著魔劍的高手，但當我們說出藍髮女人在我們手上當人質之後，他就乖乖就範了！」

衝進房間裡來的一名騎士如此報告。

四下傳出安心的嘆息聲。

正準備揍飛泡茶的鎧甲騎士的瑪門也是其中之一。

瑪門對衝進來的騎士說：

「很好，快把那些傢伙帶過來！你們立下大功了，幹得好！還有，諾斯！你的作戰計畫進行得很順利，之後再好好獎賞你！」

說完，他的山羊臉上露出笑容——

## 4

幾名鎧甲騎士帶了幾個熟面孔過來。

以御劍為首，闖進這座城堡的所有人都在那裡。

「阿克婭大人，您平安就好！」

御劍看見在大廳最裡面喝著茶的阿克婭，安心地鬆了一口氣。

看見阿克婭活力十足的樣子，達克妮絲和惠惠、芸芸的表情也鬆懈了下來。

至於御劍的兩個跟班則依然舉著武器，表情僵硬，動也不動。

瑪門發現御劍他們還拿著武器……

「等等，不好意思，請你們丟掉武器。其實我也不想做出這種沒有格調的事，但這個女人告訴我們的事情太可怕了，我也無可奈何。喂，那邊的那個傢伙！你就是那個叫和真的混帳對吧！快丟掉武器過來這邊！」

說著，他伸出手指指著御劍。

「不是喔。」

說著，阿克婭毫無緊張感地喝了口茶。

「那個人是魔劍哥，和真先生不在裡面。」

「！」

她這番話讓房間裡的騎士們騷動了起來。

原本已經放心的瑪門再次心浮氣躁地東張西望，提高警覺。

這個看似中頭目的山羊頭到底有多怕我啊？

讓對方太過戒備的話成功率會降低，所以我明明就叫她不要多嘴的。

一切的一切都是因為阿克婭得意忘形地嚇唬他們的緣故。

「嘖，的確比剛才聽說的人數還要少……好，對付那個叫和真的傢伙只需要留這個女人一個當人質就夠了，把那邊那些傢伙全都收拾掉！喂，不准抵抗喔。你們應該知道要是敢抵抗的話這傢伙到底會怎樣吧……！」

「唔……！」

瑪門說出這番像是不入流的壞蛋的台詞，御劍也給了標準反應，心有不甘地低吟。

惠惠和達克妮絲好像正在思索該如何是好……

「好了，快丟掉武器！喂，你們把那些傢伙圍起來……！」

……哎呀，繼續這樣置之不理的話狀況會越來越糟。

我向前站出一步，貼到瑪門身旁。

「先等一下，瑪門老大！就這樣殺掉他們的話會讓洛基亞和培因死不瞑目！這裡請老大交給我處理吧！」

「這、這樣啊，好吧。的確，你一直都和他們兩個一起行動嘛。那就交給你吧……話說回來，你那個說話方式沒辦法改一改嗎？」

得到瑪門的許可後，我用力拉了拉繫在阿克婭的脖子上的繩索。

這是叫她看到可乘之機就衝過去御劍他們身邊的暗號。

「我想改變形象嘛，老大……好了，你們看到這個了吧？如你們所見，在我手上這條繩索的另外一頭，你們的同伴正因為恐懼而嚇到發抖！」

「她在喝茶耶。」

聽惠惠這麼吐嘈，我看了過去，只見接到我的暗號的阿克婭一臉不悅地用單手抓著脖子上的繩索，依然坐在椅子上喝茶。

就連這種時候也不知道看場面還那麼遲鈍，真想一掌打在這個笨蛋頭上。

……可惡，改變計畫。

「那個女十字騎士！」

「！」

突然被我點名，依然舉著大劍的達克妮絲抖了一下。

雖然對達克妮絲不太好意思，不過我想先讓這個叫瑪門的頭目解除戒備。

「妳先把手上的武器丟掉。如果妳辦不到，坐在這裡喝茶的女人會怎樣……！」

「……我知道了。反正我的攻擊也打不到人……好了，這樣就可以了吧？」

遵照我的吩咐，達克妮絲當場把劍丟掉。

正如她自己所說，達克妮絲即使丟掉武器也不會造成太嚴重的戰力減損。

然後入侵者之一乖乖丟掉了武器，這讓以瑪門為首的騎士們的緊張稍微舒緩了一些。

我接著不是叫其他人也解除武裝，而是繼續對達克妮絲做出指示。

「接下來……這樣好了，我喜歡妳那副看起來很邪惡的鎧甲。把它脫下來吧。」

「啥！這、這副鎧甲……！不、不行！唯有這個、唯有這副鎧甲……！」

原本以為會乖乖聽話的達克妮絲出乎意料地表現出抗拒的態度。

「妳不願意脫掉鎧甲？妳知道現在是什麼狀況嗎？闖進魔王城裡來的女騎士被敵人抓住了會怎樣……妳好歹也是女騎士，這是妳應該知道的常識吧！好了，在眾目睽睽之下脫掉妳那身鎧甲吧！」

「你……！你說什麼……！」

「「「唔哇啊……」」」

在達克妮絲紅著臉，心有不甘地咬牙切齒之際，不知為何反而是騎士們這邊發出倒彈的低吟。

「不行啦——諾斯，你這樣真的不行啦——」

「你這傢伙真的很壞耶……！之前都在裝乖是吧……」

「唔、喂，諾斯。不是，我是說過要交給你沒錯，但這樣再怎麼說也太……」

不只應該是同事的騎士，就連瑪門也覺得無法接受，在為此感到有點沮喪的同時，我進一步對達克妮絲做出指示。

「哼哼……那副鎧甲底下，想必藏著一具頗為成熟的肉體吧……！好了，妳有同伴的性命這個正當理由，快點脫掉吧！」

「正、正當理由……！可、可是不行，我已經……不能被這種來路不明的可疑分子馴服……！啊啊……這是怎樣，你那種糾纏不休的視線，還有難以抗拒的感覺是怎樣……！你究竟是何方神聖，為何莫名能夠刺激到我的死穴……！」

興奮得滿臉通紅的達克妮絲一邊不知道在糾結什麼，一邊解開鎧甲的扣帶。

不久後，鎧甲的零件掉到地毯上，達克妮絲白皙的肩膀露了出來。

「「「「喔喔！」」」」

……哎呀，不對，居然連我都和魔王軍那些傢伙一起歡呼了。

「我、我……！我才不會輸給這種羞辱呢！」

達克妮絲紅著臉，以隱約充滿期待的眼神目不轉睛地注視著我時，惠惠不知為何帶著興致缺缺的表情看著我，讓我非常在意。

……無論惠惠的直覺有多麼敏銳，再怎麼樣也不可能看出是我吧？

——就在這個時候。

「住手，這種事情天理不容！雖然是魔王軍，但你也是騎士吧！對女性這麼做不覺得丟臉嗎！就不能堂堂正正一決勝負嗎！」

不懂看場面的御劍咬牙切齒地如此吶喊。

像是聽見他的聲音才赫然回神似的，瑪門端正姿勢，視線也銳利了起來。

可惡，這傢伙在各種層面上都是多此一舉。

御劍出聲制止，讓周遭的人都發出遺憾的嘆息。

……話說，我覺得就連達克妮絲也嘆了氣。

——瑪門踏了一步，向前站出去。

提著巨大斧頭的大塊頭在我的眼前毫無防備地背對著我。

瑪門混濁的黃色山羊眼閃現凶光……

「喂，諾斯，放棄吧，別繼續羞辱她了！我們抓人質已經夠理虧了，不需要更進一步。好了，你們圍住那些傢伙！那個男人由我親自對付。既然那個叫什麼和真的傢伙不在就能輕鬆獲勝了！」

他帶著怒氣如此嘶吼後，以雙手緊緊握住斧頭。

「和真？你是說佐藤和真嗎？比起那傢伙，我要來得強多了！我的名字是御劍響夜。好歹也是個還算知名的、拿魔劍的劍術大師！」

呼應了把我說成卑鄙小人的御劍，瑪門蹲低了身體。

在房間裡的局勢越來越緊張之際，簡直就像是在閒話家常似的。

「是喔。你就那麼害怕我們家和真是吧？」

舉著法杖擺出威嚇動作的惠惠這麼詢問瑪門。

「啊啊？誰會怕那種偷偷摸摸躲著不出來的卑鄙小人啊！」

撿起鎧甲的零件，雀躍不已地安回肩上的達克妮絲也開口說道：

「你不要太小看那個男人喔。一旦和那傢伙扯上關係，敵人多半都沒什麼好下場……當然，你也不會是例外。」

她不偏不倚地看著我，說出這種對我不曉得是褒還是貶的話。

不是我要說，和妳扯上關係的傢伙也好不到哪裡去喔。

「吵死了、吵死了！我叫瑪門！是負責保護這個通往魔王陛下的大廳的近衛隊長，瑪門大爺！如果是正面交手，我即使是對上那些幹部也不會輸！怎麼可能會怕那種不知道躲在哪裡的男人！」

呼應瑪門的吶喊，騎士們舉起劍來，御劍也隨之緩緩拔出魔劍。

芸芸為了隨時能詠唱魔法，將手伸到背後握住魔杖，眼睛散發出紅色的光芒。

看來大家都鬥志十足呢。

我一邊把手放在腰際的劍上，一邊找著瑪門的破綻時——

「真的？你剛才還那麼心驚膽顫，真的不怕和真先生嗎？他說不定就在你身邊喔？」

阿克婭，在如此緊張的氣氛當中……

明明好歹是人質卻露出徹底放心的鬆懈表情，毫不畏懼地問了長得凶神惡煞的瑪門。

……反正，這傢伙大概是覺得即使面臨危機我也會設法解決吧。

平安回到鎮上的話，我得好好和這傢伙促膝長談才行。

「我不是都說不怕了嗎！喂，佐藤和真，你有沒有在聽啊！只會偷偷摸摸地躲起來的卑鄙小人！你在這個樓層的某個地方對吧！聽得見我的聲音的話，就現在馬上給我出來報上名號——！」

我脫掉頭盔，用劍抵著瑪門的後頸，報上名號。

「幸會，我是卑鄙小人佐藤和真！」

# 5

我迅速抽回輕輕刺進後頸的劍，拉開和瑪門之間的距離。

這招暗殺者先生教我的技能——致命背刺，是在對手沒有察覺到的狀態下從背後發動攻擊，便能夠以一定機率造成致命傷的必殺技能。

使用條件有很多限制，卻是最適合我的招式。

不知是技能發動了，還是武器上塗的毒藥的效果，瑪門忍不住開闔嘴巴，往前倒下去。

原本以為是自己人的騎士突然變成了我，讓在場的怪物喧鬧了起來。

「出……！出現啦啊啊啊啊啊！」

「瑪門大人突然被殺掉了！」

「鬼畜至極！禽獸不如啊！」

「咦！等等、咦！可以這樣嗎！這樣真的可以嗎！你這樣還算是人類嗎！」

騎士們因為敵人在他們毫無戒備的狀態下出現而不知所措，但不愧是魔王的近衛，立刻重整隊形，分了三個人往我這邊過來。

「『Light of saber』！」

距離身在房間深處的我們稍遠的入口附近，芸芸使用她最擅長的魔法劈開一名騎士。

以此為契機，達克妮絲即使中了攻擊也不放在心上，直線朝我這邊衝過來。

御劍等人也跟在她身後一舉衝了上來，大廳轉眼間陷入混戰。

「這個男人很危險，快點包圍起來一口氣殺掉他！」

擋在我面前的騎士毫不大意地擺出架勢，聽了這句話的兩人也默默點頭。

我以劍尖指著眼前的三個人說：

「唔，居然要我一打三，真是一群愧對騎士風範的傢伙……你們這樣還敢自稱是魔王的近衛兵啊，都不覺得丟臉嗎！」

「你……！你你、你沒資格說吧！逼你的女性同伴脫掉鎧甲，還從背後偷襲瑪門大人，你最沒資格說那種話了！」

「這、這傢伙，居然有臉說那種話……！」

「喂，夠了。我們可不能繼續跟著這個男人的步調走……」

這時，就在出言抗議的騎士們瞬間露出破綻的時候。

「『Bind』——！」

「！咦、等等！」

我對那個話才說到一半的騎士施展出其不意的拘束技能，手上這條強韌的繩索便像生物般纏繞到他身上！

「痛痛痛痛痛痛！喂，和真，這樣很痛耶！」

……脖子被繩索的另一端綁著的阿克婭也捲入其中。

「嗚啊，混帳！不但用偷襲的解決掉瑪門大人，甚至還是個可以毫不猶豫地損及同伴的奸險惡徒嗎……！該死，我太大意了！交給你們解決他——！」

居然把我說成奸險惡徒那麼難聽，但剛才完全忘記繩索的另一端還綁著阿克婭這種話，事到如今我也說不出口。

「和真先生——！和真先生——！這個人的鎧甲好硬弄得我好痛！我可以用我的魔法解除拘束技能嗎！」

「再稍微忍耐一下！我現在就解決掉這邊這兩個！」

我一邊回應阿克婭，一邊重新面對毫不大意地舉著劍的兩人。

看著這樣的我，兩名騎士蹲低了身子。

「這個惡徒，說來說去還是轉眼間就解除了一名戰力。你可別掉以輕心，我數一二三就同時上。」

「包在我身上，一二三對吧？」

趁兩名騎士在我眼前調整時機的時候，我意會著其中一名騎士的聲音……

「不，還是用，預備——起！好了。或者是數到十也好……」

「咦？咦！要、要用哪個？」

「喂，你閉嘴！你這傢伙，不准模仿我的聲音！」

在我模仿其中一個的聲音妨礙他們之際，遠方傳來一句警告。

「十字騎士往你們那邊衝過去了——！」

聽見那個聲音，眼前的兩名騎士斜眼一看……

「唔喔！」

「這、這是怎樣——！」

無論是被砍還是被揍都絲毫不放在心上。

「阻、阻止她！別讓她過去那邊，阻止她——！」

「這傢伙都不停下來的！無論我怎麼砍，她都一臉無所謂……！」

為了不讓敵人前往魔王的房間，兩名騎士拚命抓著達克妮絲的腰，而她硬是以蠻力拖著他們兩個，往我和阿克婭這邊衝過來。

達克妮絲抵達我們身邊後，便試圖拉開抓在她腰上的兩名騎士，同時表示……

「和真、阿克婭，我來救你們了！我來救……唔、唔、喂，和真，稍微幫我一下！這兩個傢伙想把我……！」

「多拉了兩個敵人過來是怎樣，妳這傢伙到底想幹嘛啊！這下不就變成二打四了嗎！」

抓在達克妮絲身上的兩名騎士暫時放開了她，和剩下兩名騎士彼此合作，包圍了我和達克妮絲。

——就在這時，一個自認勝券在握的聲音響起。

「哼哼，那麼三打四又如何呢？」

我看見的，是解除了我的拘束技能，擺個臭臉站在那裡的阿克婭。

沒錯，既然她解除了我的技能，就表示和她綁在一起的騎士理所當然地也變成了自由之身……

「吶、吶，和真！我總覺得形勢好像一口氣變得對我們不利了，是我多心了嗎！」

「為什麼我還得拖著派不上用場的十字騎士和祭司對付五個敵人才行啊！妳們兩個是白痴嗎！」

說著說著，五名騎士全都把劍對準我一個，擺出準備衝過來刺擊的姿勢。

或許是剛才嚇唬他們的話都被聽進去了吧，他們似乎打算先解決我。

糟了，被魔王軍的精銳一舉進攻的話，我穩死的！

即使我打算設法躲到達克妮絲身後，騎士們也已經同時殺了過來。

「『Decoy』！」

騎士們的劍尖突然轉彎，刺向達克妮絲。

襲擊而至的劍劃過達克妮絲的鎧甲，在她的臉上留下淺淺的傷口，與此同時，幾根金髮隨之飛散。

原本應該是瞄準我的騎士們對自己攻擊了達克妮絲而驚慌失措。

「我、我竟然受到誘敵技能的影響……！」

「可惡，不知為何，這個十字騎士非常能夠挑起我的嗜虐心……！害我忍不住想拿劍戳她……！」

在騎士們對自己的行動顯得困惑不已時，被一大群人拿劍戳，紅著臉大口喘著氣的變態開了口。

「唔，不愧是魔王軍的精銳，刺擊練得相當不錯……！但你們的攻擊我會全部接下來！來吧，把你們雄壯威武、狂亂不已的攻擊全部都發洩在我身上吧！快點來啊！趕快，快點戳我啊！」

騎士們似乎把達克妮絲的挑釁當成是陷阱還是什麼的吧，紛紛保持戒備後退。

這時，五名騎士當中的其中一名突然原地倒下。

「阿克婭大人，您還好嗎！」

聽到御劍的聲音，我看了過去，發現除了圍著我們的騎士以外的敵人不知不覺間都被打倒了。

面對突如其來的介入者，騎士之一轉身過去劈頭就是一刀，然而……

「！什麼……我、我的妖刀……！」

「這把魔劍是女神大人賜給我的傳奇寶劍，沒有砍不斷的東西。」

御劍以魔劍輕鬆砍斷騎士的劍，接著反手又是一刀，砍倒了敵人。

「這個男人比那個惡徒還要不妙！我們得先殺掉這傢伙……啊啊！」

話說到一半的騎士也被御劍砍倒了。

看見這一幕，兩名騎士同時攻向御劍，但是──

「『Rune of saber』！」

御劍手上的魔劍發出光芒，橫砍了一刀就讓兩人應聲倒地。

「這個男人又多管閒事……」

形同被保護的達克妮絲垂頭喪氣了起來，一臉失望地喃喃自語。

……該怎麼說呢，這傢伙手上的魔劍果然很犯規。

除了我以外的日本人全都得到了這種等級的外掛是吧？

御劍舉劍一揮，甩掉上面的血，接著靠近阿克婭牽起她的手。

「阿克婭大人，您有受傷嗎？」

「我沒事。更重要的是，我要治療達克妮絲的傷勢……」

手被拉住的阿克婭盯著御劍看，一臉傷腦筋的樣子。

「啊，不、不好意思！」

「……我是無所謂啦，可是你再這樣隨便性騷擾的話，小心變成和我們家和真先生一樣喔。」

「妳這麼想被巴頭嗎？」

被阿克婭唸了幾句，御劍連忙把手放開。

「話說回來，原來你這麼強啊？我看你乾脆自己一個人去幫我們打倒魔王好了。」

而我一邊環顧四周，一邊這麼對他說。

——瑪門和騎士們的屍骸散落在四周。

他們有一大半都是被御劍打倒的……

「這算得了什麼，你得到的外掛比我的要強大許多吧。」

御劍一邊把魔劍收回劍鞘，一邊瞄了阿克婭一眼。

……強大的外掛。

我也不經意地看過去，只見阿克婭大概是聽見了我們剛才的對話吧，原本在幫達克妮絲療傷的她尷尬地別開視線。

在惠惠和芸芸帶著放心的表情往我們這邊走來時，我看著房間深處的巨大門扉，心裡十分在意。

我記得，瑪門是這麼說的。

他說，這個房間是通往魔王陛下的房間的大廳。

騎士們聚集的這個地方大概是為了迎擊入侵者的最終防衛線吧。

我和阿克婭是靠偷吃步才輕鬆來到這個地方，而那個傢伙一定就在這個房間的前方。

我們這邊打得這麼激烈，理所當然地，對方肯定已經發現我們了吧。

在所有人到齊之後，我開口道：

「好了，如此一來，帶回阿克婭這個目的已經達成了。接下來，只要用我和芸芸的瞬間移動魔法回去就行了吧……」

聽我這麼說，御劍搖了搖頭，一臉像是想說「你在說什麼傻話啊」的表情。

「都到了這個節骨眼你還在說什麼啊。魔王耶？身為人類公敵的魔王就在眼前。現在魔王軍多半都去了王都，再也不會有這麼好的機會了。我們可以為人類與魔王軍之間的戰爭畫下句點啊。」

……話是這麼說沒錯，但率領魔王軍主力的魔王之女你又想怎麼處理啊？

總覺得即使打倒了魔王，結果也只是接棒給那個傢伙而已。

「好痛……！痛痛痛痛、會痛啦……！吶，為什麼妳們兩個要捏我的臉頰啊？這一幕應該是感動的重逢才對，我們應該擁抱彼此，互相擔心對方好不好，應該是這種場面才對吧！好痛好痛，會痛啦！」

聽見阿克婭的慘叫的我看了過去，只見她被達克妮絲和惠惠夾在中間，兩人捏著她的臉頰，不發一語。

我一邊帶著祥和的心情望著看起來挺愉快的阿克婭，一邊說：

「你先聽我說，其實這座城堡的結界已經被惠惠用魔法炸毀了。多虧這樣，今後隨時都能進攻魔王城了。剩下的就交給這個國家的騎士團和那些開外掛的傢伙，還有紅魔族吧。」

聽我悠哉地這麼說，芸芸驚叫出聲。

「咦？她破壞了結界嗎？紅魔族成群結隊也無法解除的那個結界。惠惠只靠一個人的力量就破壞了？」

「是啊。正當你們闖進城堡裡的時候，城堡一次又一次地被轟炸對吧？其實，那是惠惠

抱著大量的瑪納礦石連續發動爆裂魔法……」

「和、和真！別再說下去了……！」

惠惠連忙打斷我要說的話……

……啊！

「原、原來那不是魔王從城堡外面發魔法，而是惠惠……惠惠她、她不管我們還在裡面，就那樣亂發魔法嗎……！」

淚眼汪汪的芸芸整個人不禁顫抖。

糟了，這麼說來我們還沒告訴他們這件事。

「太過分了！居然想把我們和魔王一起活埋，妳真的是我的朋友嗎！」

「不、不是啦，那個時候因為我收到了禮物，又因為之後的種種發展，讓我的情緒有點興奮到爆表……！」

「吶，達克妮絲，妳要用力亂摸我的頭是無所謂，真的無所謂喔！但妳戴著手甲那樣摸會讓我很痛！擅自離家出走是我不對，可是妳也差不多該原諒我了吧！」

沒理會在面對魔王房間的這個地方破壞氣氛的她們四個，御劍的同伴中那個拿長槍的蹲了下來，顯得相當疲憊。

「吶，所以到底是要怎樣？要繼續前進嗎？我嘛，如果響夜說要繼續前進，無論到哪裡我都跟。」

接著，那個盜賊女孩也悄悄地站到御劍身旁。

「我也是，我是為了響夜才到這裡來的。要死也要死在一起喔，響夜。如果你要走下去，到哪兒我都奉陪……」

然後就像是面對最後一戰的夥伴們一樣，說出這種帥氣的台詞。

……好好喔。

外掛魔劍也好、營造出來的氛圍也好，我開始認真羨慕起御劍了。

至於我的夥伴們，還是一樣在大呼小叫，完全沒有一點濃情蜜意或緊張感。

惠惠和芸芸開始扭打成一團，阿克婭則是被達克妮絲摸得一場糊塗。

我和御劍到底是在哪裡產生了這麼大的差別啊？

「阿克婭大人，您認為應該怎麼做？」

御劍詢問被達克妮絲在頭上亂抓了一陣子的阿克婭。

「我？……這個嘛，如果夠輕鬆打倒魔王，我是很想打倒他，不過像這樣見到大家之後害我有點……該怎麼說呢……應該說心情都鬆懈下來了吧……？」

阿克婭嘟嘟噥噥地這麼說，說到最後的聲音已經小到幾乎聽不見了。

……原來如此，快要打到魔王的時候臨陣退縮了是吧。

不過我懂她的心情，我現在也想立刻回家。

「那我們還是回家好了。改天做好萬全的準備，擬定周詳的計畫再來襲擊也不遲。我有個主意，反正結界已經打破了，我們把瞬間移動魔法的傳送地點登錄在城堡外面，每天帶惠惠來轟爆裂魔法……」

「慢著，佐藤和真。既然城堡的結界已解除，魔王就沒有理由繼續待在這裡。甚至有可能窩進地城裡迎擊王軍和冒險者，直到能夠重新張設結界的強大幹部誕生。這樣想的話，我們還是不該放過這個機會。」

在我打算總結的時候，御劍依然不肯退讓。

御劍輕輕拍了在他左右的兩人的頭，讓她們離開他身邊。

……以前，我輕輕摸了摸達克妮絲的頭之後對她微笑了一下，只是讓她怒罵說弄亂人家整理好的髮型還奸笑什麼，到底是為什麼會有這種差別啊？

回想起這種事的同時，我不經意地看向達克妮絲，結果和她對上了眼。

「喂，和真，我教訓完阿克婭了，所以接下來輪到你！你這個男人竟敢在眾目睽睽之下那樣羞辱我！那是什麼鎧甲啊？一點都不適合你，快點脫掉！」

「哦？話不是這樣說的吧，妳還不是有點期待……痛痛痛痛痛痛、喂，快住手，是我不對！穿著鎧甲的時候不要用關節技，我全身上下都發出奇怪的聲響了！」

這時，御劍對正在被達克妮絲施展關節技的我露出前所未見的認真表情，他不偏不倚地直視著我，對我這麼說。

「你是把阿克婭大人拖到這個世界來的始作俑者吧？然而，你卻要放棄討伐魔王嗎？照理來說，你應該賭命打倒魔王，送阿克婭大人回天界去，這樣才符合道義吧？你應該負起這個責任才對。」

這傢伙不懂得看場合的程度和阿克婭有得拚，但是這次我完全無法回嘴。

的確，是因為我把阿克婭帶到這個世界來，現在才會沒有人送能成為戰力的日本人過來這邊……

御劍把視線壓低，用只有我聽得到的聲音說。

（而且，你一直都是這副德性的話，我要怎麼把我喜歡的人託付給你啊……）

對他本人而言，這大概是他非常重要的內心話吧。

我也用只有御劍聽得到的聲音說……

（你的眼光真的很差。）

……平常總是保持冷靜的御劍難得揪住我，於是我發動「Drain touch」加以反抗。

「可惡，你這傢伙到最後還是這樣！我本來還覺得只要一起打倒魔王，我們之間也會產生友情，是可以互相理解的！唔、喂，這是什麼技能！總、總覺得我的力氣……」

「男性友人我已經夠多了，在阿克塞爾有一大堆！和你這種人待在一起會顯得我好像是負責陪襯你的，閃一邊去！」

……正當我從揪住我的御劍身上補充瞬間移動魔法用的魔力時，阿克婭難得不知所措地介入我們兩個之間。

「聽我說，自從來到這邊以後，我每天都過得很開心，所以一點也不介意被帶到這邊來喔。」

她帶著略顯著急，像是想掩飾什麼的表情對我們這麼說——

「——那麼，您為什麼要離開鎮上？」

然而，御劍的這句話讓阿克婭一臉傷腦筋。

然後她露出稍縱即逝的寂寞表情，一臉歉疚地看著我。

「我只是想稍微體會一下離家出走的感覺……」

並且說出這種言不由衷的話——

「……就是，該怎麼說呢？你們知道的，就是想給忘記我有多珍貴的那些人一點警告之類的，我踏上旅程的理由大概就是這種感覺啦。如何？如何？鎮上的大家有沒有說什麼啊？

大家很擔心我嗎？」

阿克婭顯得比平常還要興奮過了頭，詢問著惠惠她們。

「大家當然很擔心啊。還有人說阿克婭在那個城鎮生活了一年以上都還會迷路，怎麼可能有辦法獨自旅行。」

「在我們啟程之前，鎮上的冒險者們還教了和真許多技能好讓他平安把阿克婭帶回去。如果沒有魔王軍襲擊阿克塞爾的那個計畫，一定有很多冒險者會一起來吧。」

「喔喔，那就是所謂的傲嬌吧。大家平常明明都那麼冷淡，真的是喔……真拿他們沒辦法！那麼和真，我們回去吧！」

就像這樣，阿克婭一邊開朗地這麼說，一邊轉過頭來對我露出笑容。

阿克婭那總是開朗到像個傻瓜又略顯放鬆的笑容，有那麼一點……

只有相處了很久的我才看得出來，有那麼一點點陰霾——

「……我知道了。既然阿克婭大人都那麼說了，這次就……」

沒發現那一絲陰霾的御劍這麼說，他的兩個跟班鬆了一口氣。

看見他們的反應，芸芸準備詠唱瞬間移動魔法，伸手拿出魔杖……

「……你們知不知道什麼叫順道撈一票？」

我對著準備閃人的大家的背影這麼說。

聽見這句話，簡直像想要表示早就知道我會這麼說似的，惠惠和達克妮絲帶著開心的笑容轉過頭來。

喂，別這樣喔，不准帶著那種看傲嬌的眼神竊笑。

我又不是為了阿克婭，我想打倒魔王有我的理由！

「我啊，這次幾乎把所有財產都換成瑪納礦石了，所以已經身無分文了。」

我們都相處這麼久了。

事到如今也用不著說太多，只要一句話就夠了。

「掛在魔王身上的懸賞金不知道有多少喔？」

# 第三章 為聖騎士獻上喝采！

## 1

在通往魔王房間的門前面，拔出劍來的達克妮絲抬頭挺胸地站在那裡。

緊接在後的是御劍。

接著是長槍手、盜賊女孩、芸芸、阿克婭、惠惠。

——首先由達克妮絲闖進房間，以誘敵技能吸引魔王及貼身護衛的攻擊。

趁達克妮絲抵擋攻擊的時候，御劍和芸芸以主力之姿打倒敵人。

長槍手打游擊戰，攻擊近處的敵人，盜賊女孩則是協助大家。

受了傷的人有阿克婭從後方施展恢復魔法，至於今天不斷發魔法已經瀕臨極限的惠惠，我說她是最後的王牌才說服她在最後面待命。

如果魔王太強，讓我認為連達克妮絲都擋不住的話，就由我和芸芸發動瞬間移動。

達克妮絲成功抵擋敵人的攻擊到最後，只靠御劍和芸芸就能打倒魔王的話當然最好。

如果戰鬥拖得太久的話——

「你這個人真的很卑鄙呢……和我對決的時候也好，剛才的偷襲也好，你就那麼討厭堂堂正正的對戰嗎？你好像到處宣傳你曾打贏過我，要是你打得太窩囊我也很傷腦筋啊……」

我一邊聽著御劍的指責，一邊貼到門後面去。

「別說卑鄙，請你用慎重形容我……更何況，有些戰鬥即使得背負卑鄙小人的臭名，也絕對輸不得。比方說，沒錯，像是賭上人類的命運，即將開始的這場最終決戰……！」

我脫掉了那身又重又讓我難以行動的鎧甲。

我拔出插在腰際的魔法劍，名稱滑稽的愛刀和弓箭則是揹在背上。

——如果戰鬥拖得太久，趁大家先衝進去和魔王大戰的時候，我會用潛伏技能躲起來，隔一段時間再溜進去。

接下來的套路就是直接抓準魔王的破綻，像剛才那樣用背刺對付他。

「……吶，那男人說得那麼好聽，但他在今天以外的戰鬥當中多半也都很下流吧？」

「噓——！不可以啦，阿克婭，接下來都要打魔王了就讓他耍個帥嘛。」

「就是說啊，要是那傢伙開始鬧脾氣的話怎麼辦？他很有可能不以為意地丟下大家，一個人用瞬間移動魔法走掉喔。」

這樣竊竊私語的聲音從我的背後傳來。

乾脆真的自己一個人回去給她們看好了。正當我這麼想的時候……

「各位，請聽我說。」

也不知道在想什麼，御劍在門前轉頭過來。

「……各位，很慶幸我們能夠一起來到這裡。接下來，我們即將展開的是賭上人類命運的戰鬥……」

在御劍突然開始演講的時候，阿克婭用力拉了拉我的衣袖——

「和真先生、和真先生，真的要打嗎？經歷了這麼多之後我們也變強了，要錢的話以後隨便賺就有了吧。該怎麼說呢，打倒魔王海撈一票這種事情，一點也不像謹慎又膽小的和真先生會有的想法。」

聽她這麼說讓我原本想回她是不是瞧不起我，但阿克婭的表情非常認真而不安。

「……妳還記不記得第一個說要打倒魔王的傢伙是誰啊？回到豪宅之後，我還有很多話要跟妳說。」

沒錯，剛才我們倆獨處的時候不知怎地就不了了之了，不過回家之後我一定要罵到她哭出來。

「說來說去，妳還是有想回天界的念頭對吧？既然如此，就乾脆打倒魔王，製造出妳隨時能回去的狀態，然後再過逍遙自在的生活就好了。這種時候硬是虛張聲勢亂逞強的話會變成死亡旗標喔，要謹慎行事喔。尤其是妳，妳經常說些像在插旗的事也經常闖禍，要當心一點喔。」

阿克婭出外旅行的那一夜所說的那句話浮現在我的腦海中。

「吶，和真，我真的無所謂喔。我無所謂，所以我們回家吧。我很想見爵爾帝，回去之後大家想怎麼罵我，我都能邊喝美酒邊左耳進右耳出就是了。所以……吶，我們回家吧？」

「我們會罵的都是重要的事情不准左耳進右耳出好嗎？」……我原本很想這麼說。

『……好想回去喔…………』

抱著大腿仰望月亮的阿克婭喃喃說的那句話，讓我怎麼樣都忘不了。

「吵死了——！就算妳無所謂我也不舒爽啦，要是沒辦法弄成可以隨時把妳退貨回天界的狀態，到了緊要關頭我會很傷腦筋啊！」

「退貨是什麼意思啊，傲嬌尼特！至少在這種時候應該稍微老實一點吧！」

在我推開試圖掐我脖子的阿克婭時，御劍和他的兩個跟班正打得火熱。

「菲歐、克蕾梅雅，妳們大可放輕鬆一點。即使輸了，我們也要變得更強，有朝一日再來這裡。我也知道妳們兩個覺得自己陷入了瓶頸。妳們倆努力想要追上我，還到處去練等……謝謝妳們願意跟著我來到最後……我們要打倒魔王，大家一起回去！」

……這時，御劍的演講好像也結束了。

也不知道他到底說了什麼，只見長槍手和盜賊女孩感動得淚眼汪汪，不禁點頭。

這麼說來，不知道那兩個人哪個是菲歐、哪個是克蕾梅雅。

不過，現在有更重要的事情。

「喂，阿克婭，妳到底有沒有聽懂我們的作戰計畫啊？如果有人死了就取消計畫。回收屍體立刻使用瞬間移動魔法。如果有人死了，妳也不可以憑本能隨便跑去幫他復活喔。要是在復活的時候遭受攻擊就完蛋了。先用瞬間移動魔法回去之後再復活喔。聽懂了沒，妳被殺掉了可是賠了夫人又折兵喔。」

沒錯，只要這傢伙能夠活下去，即使面對最糟的狀況也還有辦法可想。

問題是看到傷患和死者就會什麼也不想地跑去醫治的這個傢伙，到底會不會乖乖聽我們的話……

「不需要說那麼多次我也知道啦，相信本小姐好嗎……可是啊，和真，我總覺得有種不祥的預感。而且，並不是像平常和真隨便就翹辮子那種程度的事情，而是更無法挽救的那種不祥的預感……」

「妳這個白痴，不要再說了！為什麼妳總是喜歡像那樣豎立死亡旗標啊！聽好了，至少這種時候要乖乖聽我的話。即使有人死了也千萬不能到前面去喔。妳要待在安全的地方負責支援。只要妳還活著，我們能把屍體撿回來的話，事情總有轉圜的餘地。聽懂了嗎？」

我再三強調，如此叮囑，阿克婭聽了用力點頭。

無論這傢伙有多不會看場合，都說成這樣了，再怎樣也不會有問題了吧。

「看來話都說完了吧……那麼，我有東西要給大家。首先是和真，為了不時之需，我先把這個還給你一部分。」

說著，惠惠從她小心揹著的背包裡面拿出瑪納礦石，交給會用魔法的人。

首先，惠惠塞了五顆瑪納礦石給我。

接著她又從背包裡面拿出一顆礦石要給芸芸……

「哇啊……好大的瑪納礦石啊……！可以嗎？我真的可以收下這個……吶，惠惠。那、那個，我說妳啊！要給我的話，就快點放手！」

遞出瑪納礦石之後，惠惠遲遲不肯放手。

「這是和真送給我的寶貝。妳要妥善運用喔。真的只有在非用不可的時候才可以用喔！這可是本小姐！收到的禮物！」

「我知道了，我知道妳收到禮物有多高興了，所以不需要炫耀成那樣！我會妥善運用就是了！」

芸芸看著到手的瑪納礦石，眼睛閃閃發亮。

這時，看著這樣的互動的阿克婭帶著充滿期待的表情說。

「吶，惠惠，我的份呢？」

「阿克婭不需要吧？我們在一起這麼久了，妳也從沒發生過魔力耗盡的狀況啊……啊，妳在做什麼！這是很重要的東西！反正，我把瑪納礦石給了阿克婭，妳也會留著不用拿去賣掉吧！」

沒理會開始爭奪瑪納礦石的兩人，我把拿到的礦石收進懷裡，重新回到門後待命。

我發動感應敵人技能便強烈地感覺到門後有大量的危險氣息。

……原來如此，我剛才就覺得，既然魔王能強化部下的話為何不大家都待在一起就好，看來是魔王的房間塞不下的騎士才待在大廳是吧。

……這時，明明是這種時候，站在我身旁的達克妮絲卻對我輕輕一笑。

「喂，和真，你還記得我參加小隊的時候是什麼情況嗎？你一開始是這麼說的。『別看我們這樣，我和阿克婭可是很認真想要打倒魔王。』卻沒想到，那句話居然像這樣變成現實了呢……」

……真虧她還記得那麼久以前的事情。

「別這樣喔，這種時候聊往事可是在豎立死亡旗標喔。拜託妳聊點能讓我更有幹勁的開心話題好不好？比方說我打倒魔王的話，為了多留一些勇者的血脈可以得到後宮婚的許可之類的。」

「你、你這傢伙真的是，就連這種時候都……不對，這樣才比較像你吧……等一下，你打倒魔王的話？打倒魔王……！」

達克妮絲先是露出苦笑，然後突然像想起了什麼似的瞪大眼睛。

「啊啊啊啊啊！喂，和真，那時候的戒指還在你那裡嗎！就是那個，以前你潛入王城，從愛麗絲殿下身上偷到的戒指！」

欸！

「妳閉嘴，御劍在這裡耶！為什麼事到如今妳才想到要問那種無關緊要的事情啊！」

「不、不是，我剛才聽到的事情可不能假裝沒聽到啊……妳說，潛入王城從愛麗絲殿下身上偷到的……」

大概是因為對話全被聽光了吧，在達克妮絲身後準備攻堅的御劍露出有話想說的表情。

「那種事情現在無所謂！重要的是戒指！你沒弄丟吧！」

「我沒弄丟啦！那個戒指還在豪宅裡的我的房間，和重要的A書一起收得好好的。」

怎麼說那也是我妹妹的寶貝戒指，為了避免不小心弄丟，我放進貴重品保管箱裡了。

「咦……！不准把王家的戒指和A書收在一起！聽好了，給魔王最後一擊的工作要讓給別人！……不對，要是御劍打倒魔王又會有別的麻煩……夠了，魔王的首級讓給我吧！」

「妳沒頭沒腦的說什麼啊，就那麼想要功勞嗎！妳這傢伙，平常假裝得一副對錢財沒興趣的樣子，現在貪念冒出來了是吧，貧窮貴族！」

「才不是那種無聊的理由！不然，只要不是你和御劍，任何人都可以！」

這時，聽著我們對話的惠惠舉起手來。

「那麼，這裡就由我接收魔王殺手的稱號吧。」

「惠惠不要把事態弄得更複雜好嗎，再說房間裡也沒辦法用爆裂魔法吧！要是和真打倒了魔王的話，惠惠也會後悔喔！阿克婭也勸他幾句吧！」

「比起那種事，我個人更好奇的是達克妮絲的鎧甲。怎麼在我不知道的時候變成那種邪氣沖天的鎧甲了啊，根據我的鑑定，那副鎧甲受到詛咒了喔。我幫妳解除詛咒吧。不過解除詛咒之後鎧甲可能會消失就是了。」

達克妮絲抓住打算擅自解除詛咒的阿克婭，摀住她的嘴不讓她詠唱魔法。

明明是決戰的前一刻卻這麼沒有緊張感是怎樣？

「我不暗殺也行，只要大家能以正常手段打倒魔王就好了。更重要的是妳懂不懂啊？據我所知，達克妮絲的耐力和魔法抵抗力是無人能及的阿克塞爾第一。如果就連這樣的妳都無法抵擋魔王他們的攻擊，就沒有任何人可以打倒魔王了喔。」

如果連阿克婭的恢復能力和達克妮絲的耐力都無法抵禦魔王的猛攻，也只能放棄正面進攻，剩下的手段就只有叫惠惠遠距離轟炸了。

而且，這也得要魔王繼續待在這座沒有結界的城堡裡才行。

——這時，達克妮絲握起拳頭，用手背在我的胸口輕輕敲了兩下，微微一笑。

「其他方面我派不上用場，不過事關防守，就儘管包在我身上吧。」

平常不太起眼，個性低調的這傢伙難得說這種話。

一直以來，達克妮絲妮絲都以幕後功臣之姿當我們的擋箭牌。

如果她平常就能不要動不動興奮到喘氣或是暴躁易怒，多像這樣剛正不阿一點的話，我不也能坦率地感謝她嗎？

「一直以來以女騎士為業的我從沒想過，被魔王欺凌的夢想竟然真的會成真。和真……我非常感謝你。」

「我也正準備要感謝妳……現在我只想叫妳補償我的心情。」

阿克婭也好、惠惠也好、達克妮絲也好，這些傢伙真的是直到最後的關頭都……

等到阿克婭為所有人都施展了支援魔法後，大家看著彼此的臉孔，互相點頭示意。

——達克妮絲踢開了大門！

2

「魔王！納命來——」

「『Cursed lightning』！」

「『Cursed lightning』！」

「『Cursed lightning』！」

踢開門的瞬間，無數的黑暗雷光朝著達克妮絲落下。

「欸！」

眼前的光景震撼力十足，害我不禁在門後驚叫出聲。

我記得，這招是維茲在地城裡在龍的肚子上開了一個大洞的凶惡電擊魔法。

中了那招的達克妮絲身體大幅抽動了一下……

「該死的傢伙，連個開場白也沒有，劈頭就用魔法攻擊是吧，卑鄙小人！這樣還算是魔王嗎，報上名來！」

儘管鎧甲冒出黑煙，她還是就這麼往房間裡面衝進去——！

……怪了，我覺得剛才那個傢伙應該中了致命的魔法才對啊……

這時，正當躲在門後的我對達克妮絲的耐打感到傻眼的時候，大家接連衝過我身旁闖進房間裡。

芸芸邊詠唱著某種魔法邊衝了進去，這時，一個光是聽見就讓人胸口一緊的沉重聲音從房間裡傳了出來——

『是吾的部下失禮了！原來如此，汝說的話也還算有點道理。在吾之城堡恣意妄為地大鬧的入侵者啊，汝等究竟是勇者還是愚者……好了，在吾之面前展現汝等的力量……』

「『Inferno』——————！」

『唔啊！』

那個沉重的聲音放聲慘叫。

剛才那個氣勢十足的魔法……從聲音聽起來應該是芸芸吧。

熱風甚至從敞開的門縫吹到我身邊來了。

「欸……！芸芸，我不是叫妳把瑪納礦石留到非用不可的時候再妥善運用嗎，突然就在開場轟炸的時候用是什麼意思！」

接著傳來的是惠惠生氣的聲音。

看來她用最高品質的瑪納礦石賞了對方強烈的一擊。

真不像平常的芸芸會有的行動，到底是被哪裡的惡魔和小混混帶壞了啊？

『……紅魔族啊。汝等還是老樣子，總是出人意表呢……』

「不、不好意思！可、可是那個，我的壞朋友拜託我……『給我去那個煩死人的魔王那邊跑一趟，代替我們給他一點顏色瞧瞧』這樣……！」

一個做人老實的模範生在這個瞬間終於還是墮落了。

「吾乃芸芸！身為大法師，擅使上級魔法。身為紅魔族首屈一指的魔法高手，身為繼任族長……！我要好好展現紅魔族的真本事！」

『回想起來，吾等一直都被汝等紅魔族害得相當悽慘呢……很好，汝就好好展現吧，展現汝紅魔族繼任族長的實力……！』

好厲害，我們之前打幹部的那些戰鬥到底算什麼啊……

這才是我所追求的奇幻世界，這才是對付魔王的決戰啊——！

「竟然搶先本小姐耍帥是什麼意思！平常明明就害羞到不肯說那種台詞還這樣！而且，攻擊的時候還是用我的瑪納礦石！」

「痛痛痛，這種時候還在幹嘛啊，惠惠，快住手！」

從這裡看不見她們的身影，不過我大概知道她們在裡面幹嘛。

真的是喔，就連這種時候都在胡鬧。

這時，房間裡面傳出怪物大軍的怒吼。

「『Decoy』——！」

對抗那陣怒吼的達克妮絲放聲大喊的聲音也傳了出來。

「接招吧！魔王——！」

隨著御劍熱血到令人煩悶的吶喊，劍擊的聲響開始大作。

還有魔法交錯的爆炸聲，以及因為鎧甲的詛咒而亢奮不已的達克妮絲的笑聲。

這些聲響不知持續了多久之後，我聽見惠惠急切的聲音。

「達克妮絲，妳一個人拚過頭了！稍微抑制一下誘敵技能的力量！」

看來她好像還在隻身抵擋敵人的猛攻。

然而，過去就連面對冬將軍時都不肯低頭的頑固女人，在這種場面放水是她絕對不可能做的事情。

照這樣看來，戰鬥應該會演變為長期戰吧。

敵人的氣息依然沒有減少，由此判斷，再這樣下去應該會是達克妮絲先倒下。

裡面的人數正好十個，剛才在大廳的戰鬥中我們也打倒了差不多同樣的人數。

如果沒有魔王的能力來增幅他們的力量，憑大家的實力應該處理得了那麼多敵人。

——換句話說，只要我可以順利殺掉魔王的話，就能夠設法打贏這場戰鬥！

我的時代終於到來了。

沒問題，風險不大，應該可以成功！

我以潛伏技能溜進有各種聲響交錯的房間裡面。

我卸下披風，從頭上蓋住自己，一點一點前進。

即使是這種像在騙小孩的愚蠢方式也行得通，因為這個技能光是在黑暗當中緊緊貼著牆壁都能夠發動。

我回想起過去克莉絲在教我這個技能時的情況。

克莉絲在我的眼前鑽進木桶裡面，然後堅稱那就是潛伏。

我一邊沿著牆壁偷偷摸摸地移動，一邊從披風的縫隙窺伺四周，看見達克妮絲站在敵人的正中央大顯威風。

雖然她的攻擊打不到人，但是臉泛紅光的她揮舞著大劍的模樣在敵人看來應該充滿威脅性吧。

配上誘敵技能，攻擊自然而然地大舉殺到她身邊，儘管中了無數次由魔王的能力強化過的攻擊，她依然沒有要倒下的跡象。

「這傢伙是怎樣，是不是吃了鐵啊！」

魔王的貼身護衛之一大叫。

我瞄了一眼，看似魔道士的黑斗篷有三個，看似騎士的傢伙有四個。

身材高大長了角看起來像鬼怪的傢伙一隻，加上宛如死神一般，穿長袍拿大鐮刀的骷髏一隻。

——然後在房間最深處，有個男人做出各種指示。

從披風的隙縫看不見他的臉孔。

不過，那個傢伙恐怕就是魔王了吧。

……好機會！

仔細一看他也沒穿鎧甲，就這樣繞到那傢伙後面從背後戳他一下。

正當我我一點一點前進時——！

「你這傢伙在幹什麼？」

不知不覺間，那個像死神的傢伙已經站在我眼前了。

喂，潛伏技能上哪去了。

在死神高高舉起鐮刀的時候。

「和真先生——！」

我聽見阿克婭如此大喊。

——啊啊對喔。

我和阿克婭一起進地城的時候，那傢伙不是告訴過我嗎？

我揮開披風，準備拔出劍來順手砍過去，然而在死神的手臂一晃的同時，我只能注視著視野當中的地板越來越近——

我回想起阿克婭曾經說過的，潛伏技能對不死者行不通。

# 3

「『Powered』！」

回過神來之際，突然有人對我施展了魔法。

這裡是我常來的那個白色房間裡面。

依照往例毫無意外，我似乎是被斬首而死了。

……我站在原地不動。

「……妳在幹嘛啊，艾莉絲女神？」

同時這麼詢問突然對我施展魔法的艾莉絲。

「『Protection』！」

至於艾莉絲，她沒有回答我的問題，再次對我詠唱魔法。

這是怎麼回事啊，阿克婭應該已經對我施展過支援魔法了才對，但不知道是不是宗派不同魔法就不一樣，我確實能感覺到重複施展的功效。

應該說……

「我說，艾莉絲女神，妳為什麼要對我施展魔法啊？」

「『Resist』！……什麼為什麼，當然是為了讓和真先生在前輩復活完成之後，隨時能夠回到戰鬥當中啊。」

艾莉絲一邊施展魔法，一邊對我這麼說。

……不不不。

「饒了我吧，艾莉絲女神。我都已經出包了。應該說，我沒想到有不死怪物在……我原本還以為會很順利的說。」

我一邊這麼說，一邊原地坐下，伸直了腿。

對那個叫瑪門的傢伙管用，所以這次也可以……我原本是這麼以為的。

就算我的運氣再好，事情也不可能每次都會那麼輕鬆順遂嘛。

可惡，阿克婭說什麼有不祥的預感而豎立的死亡旗標就這樣被我應驗了。

那個傢伙，回去之後我一定要好好抱怨。

「你在說什麼啊，戰鬥現在才開始吧？現在也是，大家都還在對抗魔王呢……不過戰況確實很不利就是了……啊、啊！達克妮絲的誘敵技能效果結束了，御……？……劍先生，被敵人包圍……！……好險，芸芸小姐用暴風魔法把敵人吹跑了。」

定睛看著半空中的艾莉絲所給的這種零碎的資訊，但我真想叫她不要把那種令人心驚膽戰的資訊告訴我這個已經被淘汰的人。

「應該說，我們的計畫早就定好了。有人死掉的話戰鬥就取消，撿回屍體瞬間移動。大家差不多已經開始準備撤退了吧。」

然而，艾莉絲歪頭對著坐在地板上坐沒坐相的我說：

「沒有喔，大家都還沒放棄呢。反而是芸芸小姐在惠惠小姐的激勵之下熱血沸騰了起來喔。惠惠小姐說什麼『吾生涯的摯友兼勁敵啊，為和真報仇吧！』之類的，拿著法杖亂揮，非常生氣。以她那股衝勁，感覺隨時都有可能在狹小的空間裡面施展爆裂魔法。還有達克妮絲也說出『我要宰了你們！』那種危險的話……」

別、別這樣啦，惠惠，不要煽動她啦……

達克妮絲也是，明明就是好人家的千金大小姐，為什麼會那麼暴躁啊？

我原本還在想他們為什麼不撤退，不過，畢竟死的是我嘛。

如果死的是御劍或達克妮絲、芸芸，戰況會一口氣陷入危機，大家應該也會死心吧，但是現在有機會討伐魔王，大家才會無法完全放棄而繼續戰鬥吧。

雖然和作戰計畫不太一樣，不過戰況真的不妙的話大家還是會逃吧。

……到時候，他們要是忘了作戰計畫，只把我的屍體丟著就走的話該怎麼辦？

沒、沒問題吧，大家會確實把我撿回去吧？

見我有些害怕而煩惱了起來，艾莉絲微微一笑。

「好了，雖然有點殘酷，不過這種時候我還是要狠心送你過去。不是因為前輩的任性，而是自己主動打破規定的情況這還是頭一遭，所以我有點心跳加速呢……」

艾莉絲一邊這麼說，一邊露出興奮不已的表情。

「不不不，已經不行了啦，艾莉絲女神。以妳剛才的轉播那種感覺，強如御劍也陷入苦戰了對吧？對付那種敵人，即使我參戰了也不能怎樣吧？我可是沒有任何外掛的最弱職業喔。有件事情想問一下，毒和背刺對魔王有效嗎？妳知道的，如果電玩遊戲之類的，毒和即死攻擊對頭目無效是常有的事情對吧。」

「……毒應該對魔王無效吧。即死攻擊恐怕也是……」

艾莉絲露出些許苦笑。

什麼嘛，無論如何發動奇襲都不行嘛……

「既然如此，我更是無能為力了啊。而且就連各項能力也比其他的冒險者還低，頂多只有運氣比較好……我實在不太想發牢騷，但我憑這種能力能走到今天，妳不覺得已經很努力了嗎？雖然自己說這種話很奇怪就是了……」

對窩囊地發著牢騷的我，艾莉絲帶著微笑靜靜傾聽。

「妳想想，一個兩手空空被送到異世界來，在溫室裡長大的繭居族突然就要在馬廄過夜，還要從事肉體勞動耶？然後，明明和一群麻煩的夥伴互助合作一起打拚，卻在不知不覺間欠下一屁股債。就在以為已經還清債務的時候又得和一堆危險的傢伙為敵，接連有麻煩事落到我頭上……」

怎麼會這樣，在這種時候我卻不停發牢騷。

至今為止的各種不好的回憶接連浮上心頭。

「我覺得自己應該可以多嚐點甜頭也不會遭天譴吧？應該說來到這個世界後，我都覺得自己的個性變扭曲了。碰到這種事情任何人都會扭曲吧……我原本就是個繭居廢人，但感覺現在好像又變得更沒救了……」

對於我這樣的獨白，艾莉絲什麼都沒說，只是靜靜傾聽……

聽完，她嫣然一笑，對我說道。

「可是，你也很開心吧？」

……太奸詐了。

「……是還算開心啦。」

「對吧？」

艾莉絲揚起嘴角露出微笑，像是想說「服了吧」似的。

……頭目太可愛了吧。

「大家都還沒有放棄，只有和真先生在這種狀況下退出，不覺得少了點什麼嗎？所以，我要讓你保持在前輩幫你復活之後隨時都能參戰的狀態。」

——妳的好意我是很感激啦。

「基本上，這是不可能發生的事。我對那個笨蛋千叮嚀萬交代過了。無論任何人死了都不准到前面去。」

所以……

「妳好心為我施展的魔法也都會白費喔。」

對著如此低語的我，艾莉絲點了頭，一臉頗有自信的樣子。

「……這樣啊。那我繼續嘍？『Haste』！」

說著，艾莉絲又對我施展了魔法，但我們的對話根本是雞同鴨講，所謂的女神是不是都不聽人家在說什麼的啊？

而就在我這麼想的時候。

一個絕對不該聽到的聲音，在白色房間裡響起——

『和真先生——！和真先生——！』

——那是，一直到最後關頭都不肯乖乖聽話的阿克婭的聲音。
那個笨蛋真的是……到底丟下戰鬥在搞什麼東西啊？
要是那傢伙死了的話任何人都無法復活了，這件事她到底有沒有搞懂啊？
我明明苦口婆心地告訴過她那麼多次，叫她不准上前。
而且，她明明那麼害怕魔王。

『和真先生——我們在各種層面上都陷入危機了！惠惠開始詠唱爆裂魔法了啊！』

阿克婭這句令人聽了就無法忽視的話令我不禁抬起屁股。
然後，我對著笑瞇瞇地顯得非常開心的艾莉絲說：
「……那個傢伙，為什麼就那麼不肯聽從人家的吩咐啊？」
「可是，你不覺得前輩就是這點有點可愛嗎？」
一點也不可愛，而且我回家以後要罵到她哭出來為止。
艾莉絲看著這樣想的我的臉。

「和真先生，你的臉在笑喔。」

開心到不能再開心地對我這麼說。

敗給她了……

當頭目的時候明明還挺破綻百出的，當女神的時候這個人總是能把我耍得團團轉。

而且，無法否認自己在笑這件事更教我不甘心。

——我原地站起來，拍打臉頰為自己打氣。

「真是，那個笨蛋把我當成什麼了？再說，還真虧她能在那樣的激戰中幫我復活啊。」

我一邊這麼說，一邊朝通往現實世界的門走去。

「因為達克妮絲現在也在對付魔王和貼身護衛，只憑一己之力堅持著。呵呵，魔王和他的貼身護衛再怎麼厲害，也因為達克妮絲硬成那樣而嚇到了喔。真想讓你看看魔王那張抽搐的臉孔。」

艾莉絲一面這麼說，一面咯咯嬌笑，看起來很開心。

那當然了，我們家最引以為傲的十字騎士就是硬。

在阿克塞爾當然不用說，在全世界也是最硬的。

達克妮絲都展現出她的毅力來了，儘管想拿這件事來說服自己，但一想到接下來要打的對手，我就嘆了口氣。

「魔王啊……」

竟然要和最後頭目大戰一場。

從魔王軍幹部開始，到底為什麼我總是得對付一大堆強敵啊？

說我的運氣好肯定是扯謊吧……

我在門前轉過頭去，只見艾莉絲帶著像在期待什麼的表情，舉起手在胸前緊緊握拳。

「……暫且先告訴妳，我什麼計畫都沒有喔。即使我參戰了，結果也已經擺在眼前嘍？不過，既然都走到這個地步了，我姑且還是會去就是了。」

聽我說得這麼不可靠，艾莉絲露出認真的表情。

「那麼，我給你一個建言。現在，前輩就在那邊。或許你無法相信，不過前輩可是個擁有非常強大的力量的女神喔。要說有多強的話，那可是強到足以暫時弱化魔王的能力的程度呢。」

「真的假的！那是怎樣，這樣不就是貨真價實的女神了嗎！……可是，那個笨蛋對這件事情連一個字都沒提過啊。」

「……大、大概是忘記了吧……」

…………她真的是擁有強大力量的女神嗎？

不過，那個傢伙確實是威脅過我，說要對我的下半身施加以人類的力量絕對無法解除的封印。

其他像愛麗絲原本掛在脖子上的項鍊型神器，在克莉絲用竊盜技能搶走了之後也是她施加封印的對吧。

這樣的話，說不定有機會嘍……？

「……啊，不過還有那個。魔王最棘手的能力，好像是能夠提升在場的怪物的能力，那個能力也能暫時弱化嗎？」

「這就不行了。能夠弱化的只有魔王的體能和魔法抵抗力、魔力及其他各項參數……差不多就是這樣了吧。不過，弱化魔法抵抗力這一點是個提示——和真先生會用瞬間移動魔法對吧？」

……原來如此！

「在魔王弱化到我的魔法也能夠適用後，就用瞬間移動魔法把他傳送到阿克塞爾的警局去是吧！然後就可以叫整個鎮上的冒險者給他好看！」

「不、不是！不是這樣喔，現在阿克塞爾正受到魔王軍分隊的襲擊！戰況陷入膠著，要是魔王在那種狀況下現身，現場的分隊就會獲得強化，整個城鎮一轉眼就會毀滅喔。」

該死，這麼說來是有襲擊城鎮這件事……

「那麼，該怎麼辦……？」

聽我這麼問，艾莉絲便豎起食指。

「你登錄的傳送地點，有一個是地城的最深處對吧？」

然後露出像惡作劇的孩童般充滿期待的表情對我這麼說。

——原來如此，要把魔王丟在地城的最深處等死是吧！

「把魔王丟在地城的最深處，然後就等著他死無葬身之處。艾莉絲女神，妳很黑心嘛。不過我覺得這是個很好的計畫。」

「不是！並不是這樣！那裡確實有許多怪物橫行，但如果是魔王便可以隨便馴服牠們，想離開地城再輕鬆也不過了……所以，我有個請求想麻煩和真先生……」

我有不祥的預感。

「能不能請你『一對一』打倒魔王呢？」

——這個人的無理要求比阿克婭的還要誇張。

「不不不不，那是不可能的任務吧。如果是這樣的話，不如把御劍、芸芸、阿克婭一起送進地城裡，讓御劍和芸芸在阿克婭的支援之下教訓魔王一頓之類的。然後，回程還有芸芸的瞬間移動魔法。我覺得肯定是這個方法的勝率比較高吧。」

然而，艾莉絲對我的提議搖頭。

「基本上，魔王應該也會用瞬間移動魔法才對。所以，在那種情況下被送到地城裡，他會再回到城堡裡來吧。」

「這樣的話，就算和我一起傳送過去，他也會一個人回來吧……」

對於我的疑問，艾莉絲輕輕笑了一下。

「對於魔王而言，和勇敢的冒險者大戰一場之後燦爛地逝去也是重要的工作之一喔。要是有冒險者一對一向他單挑他還逃回來的話，那就已經稱不上是魔王了。」

……怎麼搞的，總覺得好像在那裡聽過這件事。

記得在地城裡面的時候，巴尼爾和維茲也說過這種話。

最後要和勇敢的冒險者轟轟烈烈地大戰一場，轟轟烈烈地逝去。

這樣才稱得上是魔王……諸如此類的。

「可、可是……這樣的話也不該是我上，把御劍和魔王一起傳送過去如何？反正那個傢伙好像很想當勇者。」

……說來慚愧，要正面開戰的話他肯定比我強。

「他不行吧。御劍先生只用劍，要在陰暗的地城裡對付魔族之王，實在沒什麼勝算……可是，如果是你的話。如果是能夠適應任何地點、擁有各種技能的和真先生的話，應該還有一點希望吧？而且……」

說著，艾莉絲兩眼發亮，雙手在胸前握拳。

「而且，沒有任何力量的最弱職業少年只憑一己之力打倒魔王……你不覺得這樣比較帥氣嗎！」

這個人說的這是什麼話啊？

果然是個會搞義賊那種勾當的人，她說不定很喜歡劇情熱血的漫畫呢。

……這時，像是在鼓勵猶豫的我似的。

『和真先生——和真先生——！』

和這番認真的討論完全搭不起來的，阿克婭欲哭無淚的聲音在房間裡迴響。

「……受不了。那傢伙明明平常老是不把我當一回事，為什麼就只有在重要的時候會依賴我啊？」

說著，我下定決心要和魔王一戰。

看著這樣的我的艾莉絲，表情已經不是認真又清純的女神。

「那當然是因為前輩完全信賴和真先生啊……助手老弟果然是個傲嬌呢。像這樣抱怨個沒完，卻還是很寵前輩。」

而是我的朋友經常露出來的那種，喜歡惡作劇的笑容。

「頭目果然很可愛呢。順利打倒魔王之後，妳願意和我結婚嗎？」

「可以啊。那麼惠惠小姐和達克妮絲那邊，就由助手老弟告訴她們嘍？」

大概是開始習慣我的調戲了吧，艾莉絲一邊輕笑，一邊對我這麼說。

「真的嗎？那我就要認真拚下去了。等一下我就去告訴惠惠和達克妮絲，說我要和克莉絲結婚。」

「對、對不起，我會被她們兩個罵，所以不要這樣！我只是因為被你調戲才想試著回敬一下而已！」

看似可靠卻又有點脫線，看來我的頭目還是不太習慣被人調戲。

正當我因為艾莉絲著急的模樣而竊笑時，阿克婭的聲音再度響起。

『和真先生——和真先生——！』

……只要氣氛好起來就一定會來攪局，我看那傢伙其實是故意的吧。

我實在氣不過，所以決定復活去抱怨她幾句。

「現在，阿克塞爾和王都正遭受魔王軍的襲擊，各式各樣的人們都在戰鬥。」

在艾莉絲邊說邊彈了一個響指的同時，眼前的白色大門逐漸敞開。

「在阿克塞爾，和你一起冒險、一起喝酒、一起歡笑、一起打鬧的冒險者們正與魔王軍的分隊展開激戰——而在王都，國王親自率領的騎士團、來自日本的冒險者們、紅魔族的精銳們也和魔王軍正面衝突——」

一臉認真地說到這裡後，艾莉絲輕輕笑了一下。

「然後穿上聖鎧埃癸斯，奉你為兄長的勇敢少女，正帶著阿克西斯教徒和惠惠小姐的紅魔族友人，準備與魔王之女展開決戰。」

「咦！」

說到這裡才冒出的衝擊發言害我不禁回頭。

我不知道到底發生了什麼事情，不過情況已經危急到愛麗絲必須出馬了嗎？

不，真的是到底發生了什麼事情啊，像是為什麼埃癸斯和愛麗絲合體了，阿克西斯教徒姑且不論，說到惠惠的紅魔族友人，應該是那個傢伙的同學了吧……

「這個世界的原理中，有一條是魔王誕生後，全世界的怪物就會日益變強。還有一條是魔王被打倒之後，怪物們就會變弱一個階段……好了，和真先生。這個意思你懂吧？」

在這個節骨眼上用這招，太奸詐了吧，頭目。

被這麼一說，我不就非得打倒魔王不可了嗎？

……不，就是因為我現在有那個念頭了，她才告訴我的吧。

真是的，如果一開始就告訴我這種事情的話明明可以更容易說服我的，她在這方面真的很老實。

「妳告訴我這件事讓我更有幹勁了。就連我妹妹都那麼努力了，我就打倒魔王幫大家一把吧。」

——說著，我邁開步伐走向大門，這時艾莉絲對著我的背影說了。

「——那麼在你回到現世前，我給助手老弟一個最後的餞別好了。」

看來身為女神的工作已經結束了。

她的語氣變回我的朋友克莉絲，舉起手對準我。

我身上已經掛了一大堆支援魔法，不過既然要挑戰魔王最好是有萬全的準備，所以這樣再好不過。

「唯有這個魔法，我有自信不會輸給前輩喔！以幸運女神之名，為你獻上無以倫比的祝福！——『Blessing』！」

得到可靠的支援魔法之後，我再次朝著門做好準備。

我原本就已經很高的幸運值被提升到近乎犯規的層次，幹勁總算是越來越高漲了。

——我可以。現在一定行得通。

再加上阿克婭和克莉絲的魔法，現在的我狀況絕佳。

……這時，像是要削減我的幹勁似的。

那個真的不會看場面的傢伙的，毫無緊張感的聲音在房間裡迴響——

『和真先生——和真先生——！快點回來——快點回來——！』

…………

我和克莉絲面面相覷，相視而笑。

然後，我對著虛空大喊。

「真拿妳沒辦法啊啊啊啊啊啊啊啊啊啊啊啊啊啊啊啊啊！」

看著大聲回應阿克婭的我，克莉絲開心地提高了音量。

「那麼，討伐魔王任務……！」

聽著既是女神也是頭目的，我重要的朋友的聲音從背後傳來——

「你就去試試看吧！」

隨著她平常的口頭禪，我衝進大門裡——！

## 4

「別管了，惠惠，快宰掉這些傢伙！你們有我當肉盾護著！我能抵擋爆裂魔法的攻擊這件事情已經實際驗證過了！」

「也好，反正要死也有對方陪葬！而且，如果達克妮絲沒辦法成功保護我們也無所謂，一天轟了那麼多爆裂魔法，最後還能和魔王同歸於盡的話，吾也是人生無悔了！而且有大家在一起的話，我也不太害怕！」

「快住手——！惠惠等一下！達克妮絲小姐也別慫恿她！」

總覺得好像聽見了危險到不行的對話。

我睜開眼睛，和望著我的阿克婭對上眼。

後腦杓這個柔軟又溫暖的感覺……是因為我躺在阿克婭的大腿上吧。

「啊……！你終於回來了，和真！」

看見我恢復意識，阿克婭高興地放聲大喊。

我連忙撐起上半身，迅速確認狀況。

只見——

「魔王陛下，請退到我們後面！」

「喂，那個紅魔族！妳有沒有搞清楚狀況啊！在這種室內施展爆裂魔法的話，你們也不可能沒事喔！」

惠惠在法杖前端點起爆裂魔法的光芒嚇唬魔王他們，而空著手的達克妮絲擋在她前面護著她，渾身是傷。

另外一邊則是將魔王護在背後的貼身護衛們和遠望著他們的芸芸都拚命在說服惠惠。

大概是在戰鬥中受傷了吧，御劍單膝跪地，他的兩名跟班則擋在他身前護著他。

我找了一下那個潛伏技能騙不過的死神，看見我遭殺害而留下一灘血跡的那處有攔腰折斷的達克妮絲的劍和一把大鐮刀掉在地上。

看來殺了我的死神似乎遭受了阿克婭的反擊。

我悄悄站了起來，往這邊瞄了一眼的達克妮絲和惠惠便露出鬆了一口氣的表情。

戰鬥似乎陷入了膠著狀態，目前魔王的貼身護衛們沒在注視我這邊。

應該說是惠惠的法杖前端那道危險的光芒讓他們顧不了那麼多吧。

——這時，在魔王的貼身護衛們試圖呼籲惠惠冷靜的時候。

「和真，快詠唱瞬間移動魔法。這種時候只能大家一起逃出去了。和真和芸芸完成瞬間移動魔法的詠唱後，我們就叫惠惠從那邊的露台把法杖前端的爆裂魔法撇下來，然後大家一起逃走！」

阿克婭激動地如此力闡，而我對這樣的她開口：

「喂，阿克婭，妳仔細聽好我接下來要說的話。應該說，至少最後妳也該仔細聽好吧？我剛才聽艾莉絲女神說了，妳能夠削弱魔王的力量對吧？」

我試著把剛才艾莉絲告訴我的事轉告給她……

「……和真先生在說什麼啊？我怎麼可能辦得到那種像是女神會做的事情啊？你沒問題吧？還好嗎，拜託你振作一點。」

…………

「妳才給我振作一點，別忘了自己的職業！妳好歹也是女神吧！」

「對喔！對啊，這麼說來我確實是女神！這種時候就應該用女神的神聖力量將魔王給……！……等一下喔，施加封印之後確實能讓魔王弱化，但也只有這樣喔？我從剛才開始觀察到現在，感覺魔王並沒有參加戰鬥。即使讓魔王變弱，大概也沒有太大的意義喔。」

「這個部分在妳讓魔王弱化之後我會設法解決……看來妳把那個死神型的不死怪物解決掉了是吧？這樣潛伏技能就行得通了。」

聽見潛伏技能這個辭彙，阿克婭一臉不安地對我說：

「和真先生怎麼還那麼有幹勁啊？……吶，我們回家吧？回去以後，把魔王交給國家的高層們對付，大家每天一起和樂融融地過日子。沒錢的話，雖然照理來說違反我的主義，不過我也可以考慮賣藝賺錢喔。啊，可是，只能賣到錢存到一定程度喔。我不會一直賣藝喔。所以……」

我對著還沒說完的阿克婭伸出右手，阻止她繼續說下去。

然後，我一臉認真地告訴阿克婭——

「廢話少說，妳等著看就對了。再怎麼說我們也相處了這麼久，我在這種時候總能化險為夷吧，稍微相信我一點。」

「就是因為相處得夠久我才無法相信你啊。」

……我還是給這傢伙一巴掌好了。

難得說出帥氣的台詞卻遭到被瞧不起的回應，於是我一把抓住阿克婭。

「廢話！少說！妳給我準備好！削弱魔王的力量就對了！」

「好痛！好痛！會痛啦！我知道了啦，我照辦就行了吧！」

我一邊收緊我的鐵爪攻，一邊簡單扼要地說明接下來的流程。

「聽好喔？妳讓魔王弱化之後，我就會再次使用潛伏技能接近他。然後用瞬間移動魔法綁走魔王。把那個傢伙帶到地城深處之後，我會在那裡解決他。」

「吶，等一下，所以說孱弱的和真先生要和魔王一對一戰鬥嗎？我清明澄澈的眼睛和女神的直覺都在說，這怎麼看都是死亡旗標喔。」

這傢伙是不是動不動就得在人家拿出幹勁的時候潑冷水才肯罷休啊？

「我有很多方法可以用。要是真的無計可施了，我就會用瞬間移動魔法先回阿克塞爾。如果魔王沒有回到這裡來，就當作是我打倒他了。到時候你們就用芸芸的瞬間移動魔法回鎮上去。如果無法打倒魔王，我也會幫你們爭取時間。你們就趁這段時間打倒這個房間裡的貼身護衛。魔王不在的話，這個房間裡的敵人也會弱化，你們應該就能設法解決了吧？」

然後，在掃蕩完這個房間的敵人之後，如果魔王大搖大擺地回來，接下來也只要圍毆他就是了。

然而聽了我的作戰計畫，阿克婭顯得更不安了。

「……吶，如果和真在地城裡三兩下就死掉的話怎麼辦？在地城裡和真先生會爛得比較快，甚至還有可能被餓肚子的怪物吃掉喔。」

「不、不要說什麼我會爛掉好嗎……不會啦，真的有危險的話我會馬上逃走。即使魔力用盡，我也會確實留下一顆瑪納礦石用來施展瞬間移動魔法。」

話說，再不快點行動的話，要是我已經復活這件事被知道了會讓敵人有所防範。

「呼哈哈哈哈哈哈！乾脆在這裡打倒魔王，本小姐就可以自立為新魔王了……！」

「惠惠，冷靜一點！打倒魔王妳也不會變成魔王喔！看妳的眼睛顏色應該是相當認真，不過妳只是在威脅他們對吧！在阿克塞爾為我們送行的冒險者說，若能平安回到鎮上的話要請我吃飯！所以我一定要活著回去……」

我看向那邊，膠著狀態似乎依然持續著。

……這時，我和往這邊瞄了一眼的達克妮絲對上了眼。

但是，達克妮絲在那個瞬間立刻別開視線。

簡直就像不希望魔王他們注視到我的存在似的。

不對，惠惠她們是故意浮誇地做出那種顯眼的舉動，好讓敵人不會注意到我吧。

或許就像當初決定的作戰計畫一樣，她們還在期待我對魔王發動背刺也說不定。

「好，那我準備動身了。喂，阿克婭，我用瞬間移動魔法飛走後就拜託妳向惠惠她們說明了喔。要確實連我在危險的時候，會用瞬間移動魔法回去這一點也告訴大家喔。否則那些傢伙又會失控。」

在我這麼說完，準備使用潛伏技能時，阿克婭抓住我的衣服下襬不肯放開。

「……吶，和真。為什麼你那麼堅持要打倒魔王啊？」

阿克婭這麼說，語氣有點不安。

同時，她的臉上又帶著些許彷彿期待著什麼似的神情。

……一看就知道她是在期待什麼「是為了妳」之類的帥氣台詞，看了就煩。

連眼睛都閃閃發亮了，這傢伙肯定是被這種女神送勇者上路的狀況給沖昏頭了吧。

「……並不是什麼為了妳之類的理由喔！」

「至少在這種時候，你應該乖乖說些『是為了妳啊，女神大人』那種讓人起雞皮疙瘩的台詞吧！……吶，傲嬌尼特，狀況真的太危險的話，你一定要逃回來喔。弱不禁風的和真先生要是正面中了魔王的攻擊，會當場死亡喔。」

誰弱不禁風了！

「我知道啦，相信我嘛。妳以為我是那種會正面進攻、帥氣戰鬥到最後的男人嗎？尼特最不懂得堅持了。」

「我當然知道啊。知道你不懂堅持又膽小，知道你容易隨波逐流又容易畏縮。」

……這傢伙才是吧，至少在這種時候應該好好幫我加油才對吧。

「……還有，我也知道你無論如何都一定會在最後設法解決困難，所以你就在不會死掉的狀況下，去戲弄一下魔王吧。」

帶著頗有自信的跩臉，阿克婭目不轉睛地看著我——

——我沿著牆壁，用披風擋著身體，偷偷摸摸地前進。

這樣怎麼看都不像接下來要打倒魔王的勇者應該有的樣子，但是我早就放棄當帥氣的英雄了。

在我一點一點接近魔王身邊的時候，阿克婭把雙手的手掌貼在一起，閉上眼睛，擺出祈禱的姿勢。

不久後，阿克婭發出足以照亮室內的耀眼光芒。

……怪了，那個傢伙，就只有現在真的很像女神。

「存在於世間的吾之眷屬啊……」

太陽穴浮現了些許的汗珠，開始詠唱某種咒文的螢火蟲女神。

「水之女神，阿克婭下令…………！」

面對這非比尋常的現象，魔王與貼身護衛注視著這一幕。

魔王看起來很想阻止阿克婭的行動，但似乎又受制於惠惠的威嚇而無法採取行動。

半晌，阿克婭緩緩睜開眼睛，高聲吶喊。

「為汙穢者施加封印——！」

那是非常直截了當，聽起來只是脫口而出的普通話語。

明明只有這樣，但那句話卻讓整個房間裡面充滿了清涼感。

聽見汙穢者三個字我原本還心驚膽戰了一下，不過看來我獲得赦免了。

這時，貼身護衛們組成人牆，打算為魔王抵擋那陣光芒。

「『Decoy』————！」

渾身是傷的達克妮絲發動技能，從正面衝過去。

「——！保護魔王陛下！維持人牆！」

一名貼身護衛如此大喊，但被衝過去的達克妮絲一撞，躲在人牆後面的魔王便暴露在阿克婭的光芒當中。

我心想御劍不知道在幹嘛，看了過去，看見阿克婭丟了恢復魔法給他，他這才總算站了起來。

好，這樣在我擄走魔王之後，要對付貼身護衛的戰力也夠了。

在達克妮絲毆打貼身護衛們，以技能的力量再次吸引敵人注意的這段時間內，我成功繞到魔王的背後——

靠近一看，魔王乍看之下是個高大的老人。

兩根犄角從白髮之間長了出來，不過猛一看的話真要說還比較像人類。

然而身穿華麗的黑衣，身上不斷散發出強化貼身護衛的黑色霧氣，那副模樣任誰看了都會說他是魔王吧。

「她是在虛張聲勢，反正那個紅魔族女孩根本不敢出招。別管眼前的十字騎士，注意那個魔劍男！還有另外一個紅魔族女孩也要多加注意！」

這時，聽魔王這麼說，惠惠的太陽穴抽動了一下。

喂，閉嘴喔，別嗆那個傢伙，那個女孩真的會動手！

「該死！可恨的傢伙……沒想到居然有女神降臨……落在新手鎮的那道光芒，原來真面目就是那個一臉鬆懈的女神嗎……？」

魔王背對著我，一臉嫌棄地看著阿克婭自言自語。

……怎麼辦，要不要變更計畫用背刺砍下去啊？

不對，要是失敗就完蛋了，再說艾莉絲不也說了，毒和即死攻擊對魔王不管用。

那麼，這個時候果然還是該用瞬間移動魔法……！

「沒想到來的偏偏是水之女神……！汝的管轄應該是別的世界才對吧？是為了幫汝的後輩女神，跑來擺前輩架子的嗎……？」

魔王恨得牙癢癢地這麼低語，不過阿克婭之所以來到這個世界大致上都是我的錯，真是不好意思。

——啊啊，可惡，我還是很害怕。

魔王毫無防備地背對著我，機會就在眼前。

接下來就只剩下跳出去而已了。

有沒有什麼契機，我想要某種能讓我鼓起勇氣的契機……！

——這時，儘管還在發動潛伏，我卻覺得和達克妮絲對上了眼。

不，實際上就是對到了吧。

不只達克妮絲，不一會兒我也和惠惠對上了眼。

這些傢伙各個都一樣，一和我對上眼睛就別開視線，帶著充滿期待的表情露出微笑——

阿克婭一副自己的工作已經結束的樣子，一臉全心相信我的鬆懈模樣映入我的眼中。

……我再也不想要什麼外掛能力了。

我既不需要傳說中的魔劍和超強的才能，也不需要不會輸給任何人的力量。

所以，女神大人（艾莉絲）——

拜託，女神大人（阿克婭）——

請給我這個沒有毅力的繭居族，能夠與魔王一戰的勇氣吧——！

「……！汝究竟是什麼時候跑到那裡來的！」

我一邊詠唱魔法，一邊衝向驚訝地往我這邊轉頭來的魔王！

「『Teleport』——！」

# 最終章

# 願冒險者擁有榮耀！

## 1

宛如電玩遊戲裡的最終頭目房間，充滿浮誇而邪惡的裝飾的大門前面。

使用瞬間移動魔法來到的地方是那個地城的最下層。

我和魔王一起站在吸血鬼的真祖把自己關在裡面的那個房間前面。

這個樓層沒有怪物的氣息。

以前和巴尼爾他們來到這個樓層的時候也一樣，除了吸血鬼以外沒其他怪物。

換句話說，要對付魔王——這裡是最適合的地點。

——和我一起被傳送過來的魔王猛然往後一跳，拉開了距離。

「……這裡是哪裡？吾還以為會被送到有眾多汝的同伴的地方呢……嗯，這麼重的霉味和這麼濃的魔力，看來應該是某個地城吧？」

我也一點一點拉開和魔王之間的距離，同時告訴他這裡是哪裡。

「答對了。這裡是號稱最深的地城的最下層。要從這裡回去，必須沿著通往地上的通道一直走回去……不然，就只能用瞬間移動魔法回去了。」

聽我這麼說，魔王低吟了一聲。

「那麼，吾回城堡去了。吾怎麼說也是魔王，汝以為吾連瞬間移動魔法也不會用嗎？吾可沒必要一直待在霉味這麼重的地方……」

說著，魔王正準備使用瞬間移動魔法之際，我對著這樣的魔王開了口。

「你會用瞬間移動魔法這種事情我當然知道。不過，魔王可以逃跑嗎？在和勇敢的冒險者一對一的這個狀況下，你居然要逃跑？」

我豎起食指輕輕晃了晃，挑釁地對魔王這麼說。

「………原來如此。吾不知道汝究竟是在哪裡聽來的，不過汝似乎調查過魔王呢。的確，有人毫不畏懼地一對一挑戰吾的話，如果吾逃走了就不能自稱是魔族之王了……不過，第一個被吾之部下殺掉的弱小男子啊。汝的實力並不足以與吾一戰。回去稍微鍛鍊一下再來過吧。至少，也要強到和那個拿魔劍的劍術大師平起平坐再說。」

魔王這麼說完，用鼻子哼笑了一聲，然後露出揶揄似的笑容。

而我對著這樣的魔王說……

「我是冒險者。」

為了對抗他調侃人的笑容，我回以挑釁的笑對他說了。

「……冒險者？」

「沒錯。冒險者。我是最弱職業的冒險者。」

地城的最下層，不知道是施加了魔法還是種了光苔，這個樓層並非完全的黑暗，隨時都亮著微弱的藍白色光芒。

「……汝是冒險者嗎？既非上級職業，也不是前鋒職業或魔法師職業，而是虛弱的冒險者？那麼弱的冒險者……」

「沒錯，就是那個弱到不行的冒險者，說要一個人挑戰魔王，進行決戰……哎呀——？就算因為女神的力量而弱化了，你應該也不會逃離最弱職業的冒險者才對吧，魔王陛下？」

聽了我的挑釁，魔王表情陰沉地板起臉來。

看見他的反應我差點失禁，但現在讓魔王跑掉的話會很麻煩。

我在日本當繭居族時培養出來的嗆聲技能，現在正是得以活用的時候。

但是魔王重重呼了一口氣，讓心情冷靜下來後……

「……吾可不會被汝的挑釁騙到。吾這些年來可不是白活的。就算汝是冒險者又如何……總而言之就是這麼回事對吧。由不成戰力的汝將吾帶走並且挑戰吾，藉此爭取時間。這段時間內，沒有吾之力量加成的部下們就由汝的同伴們打倒。」

接著就像這樣自顧自地臆測我們的計畫，發表了起來。

「然後在爭取到足夠的時間之後，汝就會用瞬間移動魔法脫逃了吧。之後，吾若是使用瞬間移動魔法回到城裡，就會被汝的同伴們包圍……大概就是這樣吧？」

魔王做出這樣的結論之後，開始準備要回去。

——看來他這把年紀沒有白活呢，不過現在不是佩服他的時候了。

我對著魔王秀出一張卡片。

「先等一下啦，這是我的冒險者卡片。雖然這裡環境昏暗又有一段距離，不過你看得見等級和能力值、職業的欄位嗎？看嘛看嘛，快看我的能力值。和隨便一個中堅冒險者比起來也是低到不行對吧？你要被這樣的冒險者嚇得逃回去嗎？說了那麼一大堆理由，我看你只是害怕被我打倒吧？你這樣真的可以自稱是魔王嗎？我都已經把事情安排得這麼妥當了，你還是要逃回去嗎？」

魔王的額頭上浮現出一條青筋。

「…………少挑釁吾了，小鬼，吾認真起來的話汝根本……」

「還我認真起來的話你根本怎樣的咧，這是哪門子不入流的中頭目的台詞啊！我太失望了，我真的太失望了！什麼魔王啊簡直開玩笑，真的要對上才知道，原來只是個面對最弱職業也嚇得想逃跑的膽小老頭嘛！」

魔王咬牙切齒的聲響在陰暗的地城裡響起。

「……沒用的，如果汝是被當成棄子的最弱職業，吾更是不需要對付汝。吾明白了，汝的目的果然是爭取時間。告辭了，只有一張嘴的小鬼！」

忿忿地撂下這麼一句話之後，魔王開始詠唱瞬間移動魔法……！

「——你那些幹部遭到討伐多半都和我有關。貝爾迪亞、巴尼爾、漢斯、席薇雅、沃芭克、賽蕾娜，我好像是照這個順序打倒的吧。其他還有保護這座城堡的那個不知名的最強魔法師是吧……你好歹也保有魔王的名號，至少幫部下報個仇吧？」

魔王暫停了瞬間移動魔法的詠唱，看著我嗤之以鼻。

「這個笑話一點也不好笑。愚蠢之徒，汝連爭取時間的能力也沒有，好好醒悟吧！『Cursed lightning』！」

魔王突然對我發出魔法。

咦，糟糕，要死了……！

「！」

「——！呼……好險好險……真是的，堂堂的魔王居然偷襲我啊。不過到了我這個程度，只是老爺爺的攻擊的話就可以像這樣輕鬆識破呢。噗嘻嘻！」

我尿了一點出來。

幸好我的運氣夠好自動迴避有發動，否則我的腦袋肯定已經不見了吧。

魔王發出的黑色電擊精準地貫穿了我的腦袋上一個瞬間所在的位置。

我因為出自本能的恐懼而一點一點後退，魔王則是維持著發出魔法後的姿勢，對著我歪頭不解。

「……？剛才那是技能驅動的迴避吧。照理來想，電擊魔法根本不是能夠識破的招式。真受不了，麻煩的傢伙……」

魔王一邊嘆氣，一邊輕鬆寫意地逼近我。

等等，我還沒準備好戰鬥……！

「等……」

「哼，汝接下來還能怎麼辦啊？什麼辦法都沒有了吧。雖然已經老了，但是要捏死一個冒險者也……不……算……？」

「…………？」

瞬間拉近了距離的魔王揪住我的領子之後，就這麼整個人僵住。

不久後，他揪著我的領子的那隻手上發出某種燒灼的聲響，同時手掌開始冒煙。

「……好燙啊啊啊啊啊啊啊啊啊啊啊啊啊啊啊啊啊啊！」

揪住我的領子的魔王連忙放開他的手，把右手抱在懷裡，整個人在地上打滾。

趁機拉開一大段距離的我發現胸前少了一樣東西。

是我掛在脖子上的那個，我很寶貝的東西……

「這是什麼！護符嗎？是詛咒的護符還是什麼的嗎！唔唔唔唔，居然做出這種狡猾的勾當……！」

魔王氣憤地將他從我的胸前扯走的那個東西摔在地板上。

——那是某一天，惠惠給我的紅魔族護身符。

裡面只裝了大家的頭髮，基本上只能算是保心安的東西……

「喂，混帳，那是很重要的東西，不准糟蹋。」

「……這是什麼？吾的右手都燒焦了！裡面到底裝了甚麼東西……！……藍色的頭髮？」

魔王提心吊膽地從上方看著護身符裡的東西，於是我對這樣的他說：

「那是裝滿女神頭髮的護身符。」

「居、居然讓吾摸了這麼不像話的東西！唔……對了，吾沒有那個閒工夫多理會汝，原本還以為汝只是個雜碎而不把汝放在眼裡，不過算了！再不趕快回去，吾的部下們……」

這個老頭，都到了這個節骨眼還不肯和我打嗎！

這傢伙因為阿克婭的力量而弱化了，現在一定對他起得了作用吧。

拜託艾莉絲女神，讓我搶到好東西吧！

「『Steal』！」

「！」

成為我第一個學會的招式以後，我一直都很倚重的竊盜技能。

我不經意地偷看了一下手裡面的東西——

「什麼嘛，沒偷到大獎……」

「…………………」

我握著一條充滿手作小物感的刺繡手帕。

我隨手拋開那條手帕，魔王便連忙一把抓住。

「……那是重要的東西嗎？」

「……吾的女兒親手繡的……不，沒什麼……」

…………因為不小心搶走了出乎意料的重要物品而微微受到良心苛責的我，從腰間拔出劍來，在魔王眼前晃來晃去。

搶走他最重要的東西硬逼他戰鬥的計畫就此告終，從頭來過！

「預判可以輕鬆打倒就偷襲，認為太棘手就想逃是怎樣，你真的是魔王嗎？唉～虧我為了討伐魔王還特地準備了施加了魔法的武器呢，我真的是對你太失望了！」

聽我這麼說，魔王瞥了我手上的劍一眼。

「……的確，那似乎是施加了魔法的劍沒錯。看起來不是普通的貨色，不過那似乎不是適合攻擊的魔法劍吧？」

「不，這是一把相當鋒利的好劍喔。是我的壞朋友搜刮屍體撿回來的，頗有來歷的無名魔法劍。要打倒膽小如鼠的掛名魔王，用這個就夠……哦哇！」

不知是因為我一再挑釁而終於動怒，還是因為我隨便亂丟他的女兒送他的禮物而讓他火大了——

「很好！汝那麼想死的話，吾現在立刻送汝到那個世界去！」

魔王朝我襲擊而至——！

## 2

「站住！方才挑釁得那麼用力，現在怎麼在逃跑啊，膽小鬼！汝剛才說吾是什麼？汝才是膽小的鼠輩吧！」

魔王在遠處吶喊，不過他愛怎麼說都隨便他。

我在陰暗地城裡的陰影處，一邊使用潛伏技能，一邊張弓搭箭——

「用那種無聊的魔法攻擊眼睛未免太小人了！汝不是要正大光明地挑戰吾嗎？快出來啊，小鬼！」

然後朝著遠處東張西望地尋找我的魔王……！

狙擊——！

「啊嗚！」

頭部側面中了一箭，魔王的頭像是被彈開似的橫向偏移。

在遭受魔王襲擊之際，我用「Create earth」攻擊他的眼睛後拉開距離，看來那招似乎讓他非常火大。

欠缺冷靜的魔王應該是毫無防備地中了我的狙擊才對……

「在、在那裡嗎……！看來汝非得一直戲弄吾才甘心是吧……！」

然而魔王只是略顯暈眩，單手摀著中了箭的太陽穴，氣得咬牙切齒。

那是怎樣，幾乎沒用嘛！

是那個嗎，還是得用施加了魔法的武器否則起不了太大作用的特性嗎！

我在錯綜複雜的地城裡往深處前進，在忙亂之餘仍保持著距離。

被那傢伙接近了大概就完蛋了。

再怎麼樣我也不覺得能用「Drain touch」打倒魔王，也完全沒有打算為了嘗試而靠近他的意思。

話雖如此，即使用弓一點一點傷害他，大概也是箭會先耗盡。

「汝方才那麼盛大地挑釁吾，現在不覺得自己很窩囊嗎？那個魔劍男就毫不退縮地攻向吾了！那個十字騎士也是！然而汝卻這樣是什麼意思！」

透過感應敵人技能，我感覺到魔王的氣息確實地接近著我。

感受魔王那幾乎能夠壓扁渺小的我的氣息，我從道具袋裡面拿出一根紙筒，在上面淋了打火機油。

我漸漸地往後退，一邊把打火機油在地板上滴成導火線，然後輕聲說道：

「『設置陷阱』。」

「在那裡嗎！」

聽見了我的低語，魔王在分岔成好幾條的通道中挑中了通往我的通道，直線衝過來。

遊俠先生教我的設置陷阱技能派上用場了。

即使是門外漢隨便設的陷阱也能提升威力和發動率，對於卑鄙的我而言感覺是相當適用的技能。

面對衝過來的魔王，我也不再躲藏，站了起來。

「拔劍吧，小鬼！吾瞬間就了結汝！」

我撥動打火機點起火後，將打火機丟到打火機油上面。

確認火順著地上的打火機油燒過去以後，我往後跳了一大步。

「Explosion！」

「！」

隨著我這麼說，爆炸聲傳遍了陰暗的地城。

地城堅硬的牆壁和地板被炸碎，碎片甚至飛到我這邊來了。

我親手做的劣化土製炸藥——

「……！這……！這是什麼啊……！」

魔王的左腳的膝蓋以下變得血肉模糊。

可惡，造成的傷害比我以為的還輕。

應該說，這也是因為並非魔法才導致傷害率不高嗎？

以威力而言，我原本以為能炸斷他一條腿的……

為了不讓他發現我心中的動搖，我面對因腳傷而蹲下的魔王，一邊慢慢後退，一邊虛張聲勢。

「哼，別以為我是普通的冒險者喔。我剛才也說過吧，你們的幹部遭到討伐多半都和我有關。既然如此，我會用爆裂魔法也是理所當然的了。」

「少胡說！那種東西和爆裂魔法差得遠了！吾在方才的爆炸當中感覺不到魔法類的力量，表示汝大概是用了爆炸魔藥吧？汝真是淨會用些小人的手段……啊，站住……！」

我沒等他說到最後便背對他，沿著地城的通道奔馳而去，因此魔王儘管得拖著腳，卻還是從我身後追了過來。

儘管已經弱化了，對方的體能還是遠在我之上。

魔王的腳明明已經受傷，我卻完全無法拉開距離。

這個地城的最下層的構造不知道長怎樣？

要是繼續這樣逃下去，如果逃進死路去，我肯定會被折磨到死。

在道具袋裡摸索了一陣，我拿出最後一根劣化炸藥。

可惡，要不是會惹惠惠生氣，我就可以再多做一點了……

惠惠發現劣化炸藥就會暴怒，要瞞著她做這個超辛苦的。

用這根再傷魔王一次，然後趁他變虛弱的時候用魔法劍……

——就在這個時候。

我感覺到一個危險的氣息從背後傳來，令我毛骨悚然。

這是那個吧，非常不妙的招式。

雖然還不比惠惠使用魔法時給我的感覺強烈，不過魔王正打算使用某種強大的魔法。

我轉過頭，看見遠在後方的魔王對著我這邊舉起了手。

如果自動迴避發動了應該可以化險為夷吧？

不行不行，再怎麼說這樣也太看運氣了，要是沒發動的話應該會死吧？

我和魔王的距離約莫十公尺。

糟糕，詠唱比剛才的電擊魔法還長！

「吾已經疲於對付汝了。因為吾也不年輕了。為了留待回程之用，吾原本打算保留魔力的呢……這招汝絕對躲不過。」

慘了，好像要出招了，慘了慘了，超級不妙！

我有什麼防禦魔法嗎！

我從懷裡拿出一顆惠惠給我的最高級瑪納礦石。

「接招吧！『Inferno』！」

「『Create earth』————！」

我用盡裡面蘊藏的所有魔力，在眼前製造出大量的土壤！

「嗯喔！嗚哇、好燙！」

我聽見這樣的慘叫從土堆的另一邊傳來。

大概是我變出來的土壤擋住了火焰，讓火焰逆流回到他自己身上了吧。

話說回來，不愧是最高級的瑪納礦石，土壤的量有夠誇張。

………等一下喔。

這樣的話……！

「可恨至極的小鬼！淨是用這種雕蟲小技，現在汝打算用土堆擋住通道，把自己關在裡面嗎！既然如此捉迷藏就到此結束，吾要……！」

我又拿出一顆瑪納礦石。

「『Create earth golem』——！」

「吾這次……真的要……回……城………」

土堆蠢蠢欲動，化為人形。

我平常的魔力只能夠創造弱小的魔像。

但是……

「……汝、汝竟然……連這種事情都辦得到嗎……」

使用極品瑪納礦石的所有魔力創造出來的土魔像，尺寸甚至輕鬆超越高大的魔王，帶著幾乎要碰到通道天花板的巨大軀體誕生了。

從擋在我身前的魔像的雙腳之間，我對著魔王笑得狂妄。

——捉迷藏現在才開始。

「第二回合！」

「混帳東西——！」

## 3

「卑鄙小人！魔王可以背對敵人逃跑嗎！戰鬥啊，給我正面迎戰啊！你自己剛才是怎麼說我的！」

「汝這傢伙！汝這傢伙……！」

捉迷藏的角色互換後，我們在地城裡到處跑個沒完。

「哇哈哈哈！魔王弱爆惹，幹部都還比較強一些些呢！」

「蠢材，汝對早已過了全盛期的老人要求太多了！吾原本的能力是強化部下，並非在最前線戰鬥的類型！而且，現在的能力已經遭到弱化了！」

不知道是魔王再怎麼厲害也沒有打倒巨大魔像的手段，又或是想避免自己在對付魔像時成為我的攻擊活靶，他只是拖著腳到處逃竄。

然而，儘管現在的狀況乍看之下對我有利，但我在創造魔像的時候是以大小和強度為優先，大幅削減了活動時間。

要是演變為長期戰，魔像的壽命會先耗盡。

必須想辦法在那之前做個了結才行……

「接招！狙擊！狙擊！狙擊！」

「好痛！唔啊！咕嗚！該、該死……！」

魔像不停追逐魔王，而我又在魔像後面糾纏不休，從魔像的雙腳之間對他射箭。

雖然這樣頂多只能鬧他一下，不過要讓魔王失去冷靜似乎已經相當充分了。

要是他對我創造出來的魔像施展瞬間移動魔法的話，我就沒戲唱了。

我從剛才開始就一直在挑釁，讓魔王的腦袋轉得不太順暢。

……糟糕，箭沒了。

基本上最理想的方法應該是用魔像痛扁魔王，在削弱他之後用最後一根劣化炸藥和魔法劍給他最後一擊……

「……呼……呼……………吾受夠了。」

魔王突然停下腳步。

「汝真的打倒了吾的幹部們嗎？……應該是真的吧……儘管手段下流，但就連本魔王都被汝玩弄於股掌之間。」

是怎樣，突然講起大道理來了。

他想爭取時間到魔像的壽命耗盡嗎？

不過，沒有我制止的話，魔像會一直逼近魔王。

「那些傢伙如何？有展現不愧對幹部的戰鬥方式了嗎？是否讓汝稍微吃了些苦頭？」

「……貝爾迪亞，在我用竊盜技能拿走他的頭顱後還在手足無措時就遭到淨化了。這麼說來，都怪他住進廢城才害我欠了一屁股債。」

魔王深深吸了一口氣，看似猛禽類的黃眼睛閃現凶光。

「巴尼爾明明被爆裂魔法炸成粉碎了，後來卻在維茲的店裡活力十足地當店員。我也不知道被他敲過幾次竹槓了……」

魔像朝魔王伸出手。

「漢斯差點吃掉我，席薇雅也在別的意義上差點吃掉我。啊，可是，只有沃芭克小姐算是可以講道理的一個……我最後對付的幹部賽蕾娜，不但把我變成蕾吉娜教徒還殺了我，總之他們讓我吃過各式各樣的苦頭呢。」

「…………真是苦了汝了……」

聽我一邊嘆氣一邊這麼說，魔王心有戚戚焉地低語。

看來那些傢伙也讓這個老爺爺吃了不少苦吧。

「『Create earth』！」

突然，魔王眼前冒出大量的土壤。

分量足以匹敵我消耗瑪納礦石所製造的大量土壤，擋住了魔像對魔王伸出的手。

「……喂，不會吧……」

「『Create earth golem』！」

魔王的聲音讓土壤蠢蠢欲動，化為人型。

他創造出來的是比我的小上一圈的魔像。

雖然我也沒資格說別人，不過魔王還真是什麼都會啊！

「呼……不好，消耗了不少魔力……不過，汝真是個厲害的小鬼。以劍對付劍士。以魔法對付魔法師。一直以來，與吾相對的冒險者全都被吾以對方擅長的項目悉數擊潰了……然而用這種奇特的方式戰鬥的人，汝還是頭一個。」

魔王語帶佩服地對我這麼說，可是我根本沒空理他。

魔像的尺寸是我的比較大，但我記得魔王的能力是……！

「這次輪到吾了。話說回來，汝的想法都相當有趣呢。接下來汝究竟有什麼打算呢？」

魔王創造出來的魔像受惠於他強化部下的能力，三兩下就打碎了我的魔像。

「小鬼，第三回合開始！」

「該死的傢伙——！」

## 4

「哇哈哈哈哈，快啊，逃吧逃吧！要不要再創造一具魔像啊？這次說不定會贏喔。」

魔王高興的聲音和沉重的地鳴一起從背後傳來。

連製造魔像都會，魔王太奸詐了吧！

懷裡的瑪納礦石還有三顆。

劣化炸藥還有一根。

然後是一把魔法劍和名稱奇特的愛刀，這些就是我僅剩的武器了。

「即使創造出新的魔像也只會被暴力輾壓，三兩下就被毀掉吧！明知道還說那種話，你個性很差耶，真不愧是那些傢伙的老大！」

我一邊在陰暗的地城通道上奔跑，一邊對背後傳來的聲音喊了回去。

「什……！慢、慢著！那些傢伙也害吾吃了不少苦頭，貝爾迪亞那個傢伙動不動就把頭顱忘在浴室裡面，巴尼爾總是為了食用負面情感而對城裡的士兵們各種惡作劇，維茲會擅自拿走城堡的軍用經費和寶物，甚至擅自賣掉還說是在練習開店……！」

魔王一副唯有這句話不能聽過就當沒事的樣子，連珠炮似的回嘴。

「漢斯要吃食糧庫裡的存貨就說啊，不准用劇毒構成的身體汙染食糧庫！席薇雅不要動不動就說我想和你合體！賽蕾娜甚至在城堡裡開始募款活動，叫大家把錢交出來當成是在捐贈善款，算是正常的頂多只有沃芭克……！這樣還得被一句那些傢伙的老大給囊括在一起，誰受得了啊！」

他、他還真是吃了不少苦呢……

儘管稍微有點同情，我還是再次拿出奔跑途中收起來的劣化炸藥。

對付身為魔族的魔王，若用非魔法系的攻擊效果會大打折扣。

不過，如果是對付土魔像的話……！

我轉身面對後方，朝魔像丟出劣化炸藥。

然後立刻舉起手……！

「『Tinder』——！」

「！」

以點火魔法引爆了丟到魔像臉上的劣化炸藥。

隨著爆炸聲開始到處飛散的碎片都落定之後，只見魔像的上半身被完全炸毀，只剩下半身還在緩緩走著。

剛才的爆炸好像挺大的，地城天花板也掉下零星的碎片，讓我有點擔心會不會垮下來。

「天、天殺的……」

被魔像碎成的碎片擊中臉部，魔王如此低聲咒罵時。

——我露出贏得勝利般的踐臉對魔王說：

「……剛才那不是爆裂魔法，是點火魔法。」

「誰不知道啊！汝剛才不就大喊『Tinder』了嗎！再說，區區的冒險者怎麼可能會用爆裂魔法那種最上位魔法！」

登時暴怒的魔王再次朝我追了上來。

可惡的傢伙，身為魔王居然不知道那個知名的魔王哏！

瑪納礦石還有三顆，怎麼辦，該在這裡迎擊嗎！

在我猶豫的時候，魔王已經朝我伸出右手來了。

我緊緊握住一顆瑪納礦石……！

「『Lightning』——！」

「『Cursed lightning』！」

對著魔王釋放出灌注了一顆瑪納礦石的魔力的雷光魔法。

同時，飛馳而至的黑暗電擊與之交錯，貫穿了我的右肩。

「……——！唔嗚嗚嗚嗚，厲害！果然厲害啊，小鬼！」

「……好、好痛啊啊啊啊啊啊啊啊！肩膀！我的肩膀上開了一個洞啊……！」

我摀著右肩邊哭邊看對手，只見魔王摀著右大腿蹲在地上。

我的肩膀上都開出一個洞了，他的傷勢看起來卻不怎麼嚴重。

不行，正面交戰對我不利，現在還是暫且……！

「又要玩捉迷藏了嗎？吾已經玩膩了小鬼！『Cursed lightning』！」

魔王維持著右膝跪在地板上的姿勢伸出一隻手，發出致命的魔法。

……啊啊，這下沒救了。

這種強大的魔法，為什麼可以不需要詠唱就隨便亂噴啊！

我無意識地用原本摀著肩膀的手拔出魔法劍，隨手往眼前一擺……

——隨著清脆的聲響，魔法輕鬆擊碎了魔法劍。

「啊啊！」

「！……這招也被汝逃過了嗎。汝真是個運氣絕佳的冒險者啊……」

因為賴以殺敵的武器裂成碎片，我帶著終於陷入絕望的心境，將已碎裂的魔法劍的劍柄砸向魔王，同時吼了過去。

「什麼運氣絕佳啊！如果我真的運氣絕佳，就不會在這裡碰上這種事情了！唉……達斯特那個傢伙，居然拿這種破爛魔法劍給我，真是沒用！」

「汝、汝這個傢伙，收了人家的東西就別嫌成這樣了……應該說基本上，尋常的魔法劍不可能抵禦得了那招吧……？」

沒有理會歪頭不解的魔王，我拔出背上的愛刀。

「不過這麼一來，汝最後的希望也被消滅了。剩下的瑪納礦石還有幾顆？用剩下的礦石還可以發幾次剛才的雷光魔法？吾認為汝不會用上級魔法。會用的話，應該不會用中級的雷光魔法，而是以上級魔法攻擊吾才對……汝拿那種爛刀想做什麼？上面看起來就連魔法都沒有吧。」

「啾啾丸。」

……………………

「……汝說什麼？」

魔王不禁停下動作。

「我說啾啾丸。這把刀名叫啾啾丸。不叫爛刀，它叫啾啾丸。在我用這把刀打倒你之後，我就要將這把刀捐贈給博物館，讓大家知道這就是打倒魔王的刀……」

「『Cursed lightning』！」

「唔喔喔！」

我靠自動迴避好不容易躲過魔王發出的電擊。

「該死的傢伙，究竟要瞧不起吾到什麼地步！吾還是第一次被戲弄成這樣！」

我正在試圖惹怒魔王讓他耗盡魔力，所以這或許是這把名字怪異的刀第一次派上用場的瞬間也說不定。

我將這把無論如何也傷不了魔王的刀放在地板上，並把手放到肩膀上詠唱魔法。

「『Heal』！」

「……連恢復魔法都會用是吧。」

魔王傻眼地這麼說。

「『Heal』！『Heal』！」

我在痛到差點哭出來的同時，對著右肩的傷施展恢復魔法。

然而傷口太深，憑我的魔力是杯水車薪。

我一邊摀著疼痛的右肩一邊站起來，再次背對魔王。

「汝還真是只會逃啊。夠了，放棄吧。身為冒險者，汝已經盡力了。此乃吾的真心話。為了對這樣的汝表示敬意，吾願意就此放你一馬。汝還有瑪納礦石吧？吾會給汝時間完成瞬間移動魔法的詠唱。」

魔王對著我的背影拋出這麼一句話。

我沒有理會這個充滿吸引力的提議，拐過通道的轉角，摀著肩膀一點一點往下滑，蹲坐在地上。

……糟糕，血止不住，超痛的。

他說我可以就這樣用瞬間移動魔法閃人嗎……

怎麼辦，城裡的大家殲滅魔王的貼身護衛了沒啊？

不過，連我都能夠一對一努力到現在了，以他們的實力應該不成問題吧。

更重要的是，我得趕快止血才行……

「吶，小鬼。這麼說來，吾還沒有問汝的名字對吧。在這種最後的決戰當中，身為魔王必須問對方的姓名才行。方便的話把汝的名字告訴吾吧。」

隨著「嘶溜」、「嘶溜」這種拖著腳走路的聲響，魔王逐漸往我這邊接近，於是我拿出一顆瑪納礦石。

「『Heal』！」

成功讓右肩的傷口癒合後，我對著魔王逼近的方向這麼問：

「我叫佐藤和真……你叫什麼名字？」

大概是出血量太多了吧，身體有點沉重。

我明知道必須站起來才行，整個人卻有氣無力。

「我叫八坂。」

聽著魔王的低語聲，我…………

…………？

「八坂？魔王八坂？我原本想像的是更嚇人的名字呢。」

在我這麼說以後，那個拖行的聲響不見了。

看來魔王似乎停下腳步了。

不久後，我聽見魔王「呵呵」的輕笑聲。

他還在轉角的另一邊所以我看不見表情，不過那是發自內心的笑聲。

「我的名字是——八坂恭一。魔王，八坂恭一。」

……………咦？

「……呃，這是怎麼一回事？咦？咦！是怎樣？你是日本人嗎？是人類嗎？」

對於陷入混亂的我，魔王樂得開懷地說：

「不是啊。吾是如假包換的魔族，也不知道日本這個地方。倒是聽過一些有關那個國家的傳聞。還說呢，汝的名字也和勇者一樣啊。」

……！

「喂，別說那種莫名其妙的話喔，你以為用這招讓我陷入混亂就可以避免死在我的手下嗎？太骯髒了吧。」

「還不知道接下來是誰會死在誰的手下呢。呵呵，不是，只是報上這個名字，你們當中有很多人都會做出那種有趣的反應……想知道吾的姓名的由來嗎？還有，汝想不想知道吾等魔王軍為何襲擊人類？這應該是人類還無從得知的，關於魔王軍最大的謎團才對吧。」

說完，魔王發自內心地笑了。

——咦，這是怎樣？

這種發展是怎樣啊，簡直像極了電玩遊戲和漫畫裡的最後一戰之前會有的劇情。

「我可沒說想問那種事情喔。為什麼你會特地說要告訴我那麼重大的祕密啊？」

「因為這是和汝一樣有著奇特名字的那些傢伙見到吾的時候，必定會想問的事情。在汝等人類之間，勇者變成魔王的故事成了知名的童話故事流傳了下來對吧……如何，你不想知道沒有任何人得以知曉的真實嗎？」

說完，魔王開心地輕笑了幾聲。

「……呃，那我可以問一下你的名字的由來嗎？還有，為什麼魔王軍要襲擊人類……」

「想知道的話，就試著打倒本王吧！」

氣、氣死我了————！

「哇哈哈哈，生氣了吧？是不是很火大啊！最後終於反將了汝一軍！這樣吾心裡總算舒坦了一點！」

這個老頭，明明是魔王還那麼幼稚！

「……好了，很久沒有像這樣報上名號了。之前，吾必定只對將死之人報上名號。然而，汝可以就這樣帶著得知吾之名號者的身分回去。這就是吾對於汝能夠隻身戰到這個地步所給予的紀念。」

說完這些，魔王再次發出「嘶溜」、「嘶溜」的聲響，往我這邊接近。

如果我不用瞬間移動魔法回去，他大概會直接給我最後一擊吧。

剩下的瑪納礦石只有一顆。

以我現在剩下的魔力，要施展回程的瞬間移動魔法還差很多。

要回去的話，就只能用掉這顆了。

「吶，你要直接回去嗎？回去城裡的話，我的同伴大概還在那裡等你喔。時間都已經過了這麼久，你的貼身護衛一定都被打倒了。」

我對魔王這樣喊話。

「說的沒錯。面對那群人，時間過了這麼久的話，吾之部下都被殺掉了吧……那麼在吾殺了汝，或是汝逃回去後，吾就在這裡稍事休息好了。之後，吾會在這個地城裡挑選一群強大的怪物當部下帶回去。在吾休息完回城裡的時候，吾的女兒應該也已經率領大軍，凱旋回城了吧。」

這麼說來，在這個最糟糕的狀況下確實還有魔王的女兒也回城的可能性……先回鎮上一趟，準備就緒後再帶著阿克塞爾的冒險者們再次傳送回這裡。

……不行不行，我沒有再來這裡一趟的魔力，瑪納礦石也已經是最後一顆了。

用「Drain touch」讓冒險者們分我魔力也不是不行，但鎮上現在也是打防衛戰打得如火如荼才對。

在這種狀況下說我要去打倒魔王有沒有人要來，會願意跟我過來的冒險者到底有多少啊？

——嘶溜、嘶溜。

魔王逼近的聲響已經接近到我身旁不遠之處。

……如果我不打倒這個傢伙就回去的話會怎樣啊？

那三個欠人照顧的傢伙，在魔王帶著怪物用瞬間移動魔法回去後，會乖乖聽我的話用瞬間移動魔法逃回去嗎？

……她們肯定不會聽我的話，錯不了的。

拜託魔王轉告她們，說我們打成了平手，我已經回鎮上了，這樣的話呢？

可是那些傢伙會信嗎，不，我猜有困難吧……

這樣的話……

「吶，如果我說想和你一起回城裡的話，你願意用瞬間移動魔法帶我嗎？」

「……吾沒有做到那種地步的道理。汝也算是可造之材，想不想當吾的部下啊？屆時吾會對汝施加無法背叛吾的詛咒，之後再帶汝回去的話倒也無妨。」

我想也是。

慢著，不對，如果先讓他詛咒我再一起回去，然後讓阿克婭為我解咒，也不失為一個辦法吧？

……不行不行，如果中了無法背叛的詛咒，我說不定會連阿克婭有哪些能力都說出來。

——嘶溜、嘶溜。

聽著這樣的聲響，癱坐在地上的我拿出幾樣東西。

右手拿出來的，是因為用了很久而到處沾染髒汙的冒險者卡片。

然後左手拿的，是最後僅剩的瑪納礦石。

——嘶溜、嘶溜。

……真討厭。

老實說這並不是我會做的事情。

我原本還覺得，這種事讓想當英雄的傢伙去做就好了。

或者是立志成為勇者大人的傢伙、想搞老子超ＴＵＥＥＥ（強）的傢伙。

像我這種只想整天無所事事，總是喝個爛醉之後一直睡到中午，身邊圍繞著美少女受盡她們寵愛，一輩子過這種頹廢生活的尼特，實在不應該被叫來做這種事。

「好了，汝的瞬間移動魔法詠唱完成了嗎？吾說要放汝一馬沒錯，但吾可無法保證能夠忍耐到看見汝那張可恨的臉孔的瞬間喔？」

一邊聽著魔王拖著腳的聲響，我一邊想著。

——那些傢伙一定會生氣吧……

可是我不這麼做的話，反正那些傢伙也會不管三七二十一地闖出什麼大禍吧……

我一邊想著這些，一邊朝冒險者卡片伸出手指時，「嘶溜」、「嘶溜」的聲響已經是從我身旁響起了——

「——我希望你先不要轉過這個彎，先別生氣，先聽我說。這一戰，就當作我們打成平手。你先用瞬間移動魔法送我回魔王城好嗎？」

聽我這麼說，魔王的腳步聲驟然停止。

「你送我回去之後，我會和同伴們一起回鎮上去。之後你想休息還是想幹嘛都隨便你。如果不打算休息就立刻回城裡，我也可以答應你不會讓我的同伴對你動手。」

地城裡面陷入一陣寂靜。

「……哼哼、哼哈哈哈，平手？汝是不是搞錯什麼了。汝已經輸了。之所以放汝一馬，只不過是吾一時興起……！」

說著，從轉角處現身的魔王立刻在原地動也不動。

因為他看見了我的雙手之間亮起的，爆裂魔法的光芒。

「…………………平手是吧。好吧，冒險者啊。吾就先送汝回去魔王城好了……這樣就可以了吧？」

「不行喔……所以我不是說了嗎，希望你先不要轉過來，先不要生氣，先聽我說。你看到這個之後才給我那種答覆，我也已經無法相信你了啊。要是你用瞬間移動魔法送走我，結果傳送地點是火山口正中央的話怎麼辦？這樣我不就只是白白被你殺掉而已嗎？」

目不轉睛地看著我雙手之間的光芒，魔王緊張地吞了口水。

「……我知道了，那麼吾該怎麼做？在這個距離發出那個東西，不只吾，就連汝也不可能相安無事。不，基本上即使在不會被爆炸波及的距離出招，這個樓層肯定也會崩塌吧。汝應該也知道會有什麼後果，才會一直到現在都沒有使用那招對吧？」

是啊，他說的確實沒錯。

「再說，為何連上級魔法也不會用的冒險者，能夠使用爆裂魔法那種最為高等又複雜的魔法……──汝究竟是什麼人？」

「……我到底算是什麼人啊，我自己也不太清楚。應該說，我就連自己的定位也搞不清楚。我算是那些傢伙的……監護人？情人？飼主？主人？朋友？夥伴？室友？嗯……到底算是什麼呢？」

在我事到如今才開始煩惱的時候，冷汗直流的魔王一直盯著這道光看。

「有一個女孩非常喜歡這個魔法。她每天都一定要在我身邊亂轟這招。也因為一直陪她解決這樣的例行公事，讓我完全記住了這個魔法的詠唱和動作，牢記到連我也有辦法學會的地步。」

在我雙手之間的這道幾乎要灼傷我的熾熱光芒。

感覺只要一個閃神，這道光芒就會瞬間失控。

真虧惠惠有辦法每天控制這種非同小可的狠角色。

「在這種距離發出那招，孱弱的汝會消失殆盡，連一點肉片都不剩吧。但是，吾再怎麼說也是魔王。冒險者所施展的爆裂魔法只轟一次說不定無法徹底打倒吾喔？」

「被阿克婭弱化之後，現在的你大概抵擋不了吧？無論如何，這個樓層都會崩塌吧？即使一息尚存，被活埋的話也無計可施了吧？」

聽我這麼說，魔王再次沉默。

不知道是不是血量不夠，我總覺得腦袋開始不清楚了。

——差不多該結束這一切比較好了吧。

「……死亡不會讓汝感到害怕嗎？」

「超怕的好嗎？我都已經死過好幾次了，所以更加害怕。」

我很怕死。

應該說，老實說我現在都快哭出來了。

一想到再也見不到大家，我就難受到不行，真的很難受。

可是。

「……如果吾就這麼死了，眾多人類未能得知的事情將永遠成謎啊……汝不想知道吾的名字的由來嗎？還有，魔王軍為何……」

「我沒興趣啦——」

——可是。

反正那些傢伙八成覺得，我會設法解決吧。

「…………………『Curse——』」

在魔王喊完之前……

「『Explosion』——————！」

我已經釋放了魔法————！

## 5

身體輕飄飄的，總覺得不太踏實。

應該說，我看不見任何東西，也聽不到任何聲音。

這時，在這樣的狀態下，我覺得好像聽到遠方有個聲音在叫我。

我不經意地面對聲音傳來的方向。

只是在心中冀望著要過去那個方向，身體便自然而然地飄了過去。

不知道該說像在作夢一樣，還是有種騰雲駕霧的感覺。

這種不可思議的感覺到底是什麼啊？

試著移往感覺有人在叫我的方向後沒多久，一陣巨大的光芒出現在眼前——

「——歡迎來到死後的世界。我是帶領你走上嶄新道路的女神，阿克婭。佐藤和真先生，您已經在地城的最下層喪生——這樣想必很難受，不過您的人生已經結束了。」

……………

那裡是，我已經看得很熟悉的白色房間。

我應該找到了一陣光芒而且撲進去了才對，但不知為何阿克婭出現在我眼前。

而且，連艾莉絲都在她身旁。

……既然這個傢伙在這裡，就表示我順利打倒了魔王吧。

是說，後來不知道怎樣了。

是不是在我打倒魔王的瞬間，這傢伙就被送到這裡來了啊？

『喂，阿克婭，我用瞬間移動魔法擄走魔王之後，發生了什麼事？』

我試著向阿克婭搭話，但她一直低著頭，不打算看我的眼睛。

應該說，阿克婭的瀏海遮著她的臉，讓我看不見她的表情。

「……您有幾個選擇。」

阿克婭雲淡風輕地對我這麼說，語調沒有任何起伏。

「……繼續待在這個世界，以小嬰兒之姿重新投胎轉世。」

『……喂，阿克婭，妳先給我說明狀況再說喔。大家都怎麼了。還有，和人家說話的時候要好好面向對方。』

儘管我再次詢問，阿克婭還是沒有理會我的話語，繼續平淡地說——

「……或是在和平的日本，以小嬰兒之姿重新投胎轉世。」

『喂，妳是怎樣，聽人家說話好嗎？我在問妳後來的情況到底怎樣了。妳再不面對我的話，我就把手指戳進妳的鼻子逼妳轉過來喔？』

阿克婭總算抬起頭來，以顫抖的聲音對我說。

「……或者是，到一個再也不必為了需要照顧的同伴而吃苦，也不會欠債或被逮捕，在一個不會碰上那些慘痛遭遇的天堂，享受和平的生活……！」

說話的同時，她的雙肩不禁抖動，斗大的淚珠不斷滑落。

……哭得也太淒厲了吧。

見阿克婭淚流不止，艾莉絲溫柔地把手放在她的肩膀上。
阿克婭把臉埋進艾莉絲的胸口，肩膀忍不住抖動，抽搭個不停。
看見阿克婭那副模樣，我不知為何心情豁達了起來。
既然這傢伙會哭成這樣，表示我大概再也無法復活了吧。
這種事我早就已經有所覺悟了，也是無可奈何的事情。
……我原本以為自己會更心痛，沒想到還挺不受影響的。
不知道是不是因為把該做的都做了，而且確實像這樣達成了目的的緣故。
——達成了把這傢伙送回這裡的目的。

我重新審視自己的身體，發現胸口以下變成透明的了。
艾莉絲緊緊抱著嗚咽個不停的阿克婭，一邊溫柔地撫摸她一邊說：
「……和真先生，辛苦你了。當時在現場的大家順利打倒了魔王的貼身護衛，一邊為你的平安祈禱一邊待命。然後，在打魔王的那個瞬間，前輩就來到了這裡。在場的大家看見那個現象，似乎也都知道你打倒魔王了。」
聽她這麼說，我鬆了一口氣。
「現在，因為是激戰過後，大家都在處理傷勢。也因為前輩突然不見，大家有些混亂就是了……」

……這麼說來，沒辦法把我死在地城裡了這件事告訴大家啊？

這下麻煩了，要是惠惠和達克妮絲踏上尋找我的旅程該怎麼辦啊？

不對，說不定連阿克塞爾的大家也會參加搜索。

應該說，搞不好事情會鬧得很盛大呢。

……這應該不是我自己一廂情願吧，大家應該會去找我吧？

……真傷腦筋，一句話也沒能留下，就這樣和大家分開，果然還是很難受。

不過，幸好我現在處於這個類似靈魂的狀況，沒有身體。

否則，我可能會哭得淒厲到像阿克婭那樣也說不定。

——這時，或許是我這樣的想法呈現在表情上了吧。

艾莉絲溫柔地對我露出微笑。

「……那麼，佐藤和真先生。對於打倒魔王而死的您……這邊準備的並非一般的死後選擇，而是其他的內容，特此轉告您。」

聽她這麼說，阿克婭猛然抬起頭來。

「首先，第一個。是在剛才的選擇當中也有的——在天堂悠閒度日的選項。」

艾莉絲豎起一根手指，露出開心的笑容。

「……然後第二個。獲得肉體，回去日本。屆時，這邊會準備您耗費一生也用不完的金錢給您。此外，你還能夠和理想中的配偶……等等，前輩！好、好近……！臉靠得太近了！請不要那麼亢奮！」

阿克婭用力擦乾眼淚，乖乖待在艾莉絲身邊聽她說。

艾莉絲乾咳了一聲後，繼續說了下去。

「然後，第三個——獲得肉體，再次站上這個世界。」

——聽見這個選項的阿克婭，臉上亮起了光采。

……妳那是什麼高興的表情啊？

居然露出那種彷彿早就非常清楚我會挑哪一個選項似的表情。

要上天堂還太早了吧。

不過，在日本生活倒是黑馬一匹。

不但能得到足以一生逍遙度日的錢財，剛才艾莉絲沒說完的，什麼理想中的配偶之類的也是……

換句話說，回日本的話，我不會有任何匱乏，不需刻苦耐勞，不會碰上沒有天理的事情，可以討個可愛的老婆一輩子過著逍遙自在的生活。

「好了，請問您要選擇哪一個？」

艾莉絲露出微笑這麼問我。

面對這種問題，事到如今我又怎麼可能猶豫。

她以為我在那個世界吃了多少苦頭啊。

不像樣的生物，加上無可救藥的居民。

會講道理的正常人反而罕見，在根本的地方就已經充滿缺陷的瘋狂世界。

回去那種世界的話，今後我肯定也會繼續吃苦。

那種事情，事到如今連想都不用想就料想得到。

『請送我到那個我最討厭的，沒有一點好的世界去。』

聽了我毫不猶豫的回答，艾莉絲露出高興的笑容。

「好了，既然都已經決定了，就得趕快回到大家身邊去才行！艾莉絲，妳趕快用那種力量那樣一下，隨便把我們送去魔王城回到大家身邊吧。大家一定在擔心突然消失的我吧。我得趕快回去才行！」

阿克婭開心到心浮氣躁了起來，對我們這麼說。

然而，艾莉絲對此皺起眉頭，一臉傷腦筋的樣子。

「……那個，前輩。雖然難以啟齒，不過前輩都已經像這樣回到天界來了……負責日本的前輩，也沒辦法降臨到這個世界來玩……所以……」

聽艾莉絲這麼說，阿克婭抓住她的肩膀。

然後眼裡冒出淚水，不停用力搖頭。

「用、用那種眼神看我也沒用，這件事情我也……！啊，別這樣！前輩，請不要伸手拿我的胸墊！不可以，就算妳對我這樣做還是不可以啊！」

對著在我眼前扭打起來的兩人。

『……我有點事情想問一下，可以嗎？』

我用半透明的手指在臉上抓了抓。

『我記得，打倒魔王之後可以實現唯一一個願望，而且什麼願望都可以，有這麼一件事沒錯吧？』

然後像這樣問了艾莉絲一件非常重要的事情。

聽我這麼說，原本在扭打的兩人停下動作。

（喂，艾莉絲，現在該怎麼辦？天界是覺得反正根本不可能打倒魔王，才用能實現任何願望這種事來釣大家耶。這個男人很有可能說出想變成神明或統治宇宙之類的願望喔。）

（就、就算是和真先生也不至於那樣吧……可、可是，如果是想要和彼此認識的所有女性一起過後宮生活這種願望的話，倒是很有可能……）

兩人交頭接耳地說個沒完，而且都被我聽光了。

應該說原來那是廣告不實喔，這裡的神明真的太不像話了吧！

雖然和互相認識的女性共組後宮也非常吸引我，不過我的願望早已決定了。

『請把我在來到這個世界的時候，沒能順利得到的外掛給我。』

艾莉絲聽了輕聲一笑。

「你的願望我聽到了。說得也是，雖然魔王已經被打倒了，但還是充滿了許多強敵，要在這個世界活下去，外掛確實是不可或缺的東西……」

從艾莉絲臉上促狹的笑容看來，她應該已經知道我想要的是怎樣的外掛了吧。

「啊……」

阿克婭聽了先是不安地朝我伸手，但伸到一半轉念一想又縮了回去。

在這次的騷動後，再怎麼樣，她似乎也不好意思叫我帶她去充當外掛了。

我覺得能確實理解自己是個欠人照顧的女神就已經是驚人的成長了。

「好了，你想要的是怎樣的能力呢？強大的裝備？強韌的肉體？還是無與倫比的傑出才能呢？」

在露出充滿期待的表情對我這麼說的艾莉絲身旁，阿克婭難得表現出垂頭喪氣的模樣。

自我主張總是很強烈的這傢伙難得這樣呢，平常就這樣的話，我也不用那麼辛苦了。

我對艾莉絲說：

『女神算在外掛裡面嗎？』

聽見我這麼說，艾莉絲露出了笑容可掬的表情，看起來打從心底感到高興。

而在她身旁的阿克婭更是表情一亮，笑容燦爛到不能再燦爛了。

「艾莉絲！艾莉絲！我們快點讓和真復活！動作快啊！再不快點的話，待在魔王城的大家就要結束療傷和休息，回到鎮上去了！」

「好好好，我知道了，前輩也來助我一臂之力吧。畢竟現在是要讓消失的肉體復甦……那麼，和真先生，這是特例中的特例，不會有第二次了，所以今後請你珍惜生命……」

「那種話不用說了啦，快點快點！好了沒，要開始嘍，艾莉絲！」

「啊，前輩！真是的……那麼，要開始嘍……！」

「「『Resurrection』！」」

沐浴在兩名女神的力量當中，我感覺到身體深處有一股強烈的熱流。

身體產生了重量的我在雙腳踏到地板上後，感受到一股沁冷的涼意。

然後，讓我復活的兩人連忙快速面向後方。

……？

「前、前輩！都怪前輩復活得那麼匆忙！快點，給他一件衣服還是什麼的……！」

「可是可是！我也沒辦法啊，我太高興了！吶，和真先生現在尺度大解放耶！」

我完全處於赤裸的狀態。

「請、請等一下，我現在就拿衣服……！……拿去，請前輩交給他，妳都已經看過好幾次了對吧！」

「才不要，那感覺好像會咬人！以前還那麼可愛的和真先生，曾幾何時也已經變成大人了呢……」

「夠了喔，快把衣服給我！妳們要我在這種地方遛鳥到什麼時候啊！」

## 6

換好衣服完成準備後，艾莉絲再次面向我。

我身邊還有個喜不自勝的阿克婭。

「……好了。這麼一來，今後前輩隨時都能回天界來了。不過，看樣子妳應該暫時不打算回來吧？」

艾莉絲不禁莞爾地看著開心不已的阿克婭，這麼問道。

這時，也不知道是太高興了，還是真的那麼沒有學習能力，阿克婭說：

「是啊～這就是所謂的船到橋頭自然直吧！要是我沒有說出那種話的話，大概也打不倒魔王……哎呀？這個狀況，該不會可以說是和真在女神的引導之下打倒了魔王吧？而且我還削弱了魔王的能力，這次的我真是充分發揮出女神風範了呢……這麼一想，這次討伐魔王的ＭＶＰ應該寫上我的名字才對吧。」

……這傢伙再怎麼開心過頭也該有個限度吧。

「……喂，混帳，妳這是不把我放在眼裡嗎？打倒魔王的是我喔？妳懂不懂啊？我是勇者和真喔？即將成為傳奇喔？妳是離家出走被確保又要被帶回去的廢柴女神吧？妳這傢伙到底在說什麼啊？」

「哦～？像你這種弱不禁風的尼特，要是沒有我的力量的話根本就打不贏魔王啦，懂不懂？打倒魔王的獎金你要多分我一點。這個嘛，我看九一分帳就可以了吧！還有，既然我都可以像這樣回到天界來了，就表示我也能夠使用女神原本的權力了喔。要是敢對我態度不佳，真的會遭天譴喔。」

阿克婭自信滿滿地把頭髮往上一撥，說出這種完全不把人放在眼裡的話來。

艾莉絲則是笑瞇瞇地觀望我們這樣的互動。

「我突然在她們眼前消失，惠惠和達克妮絲她們會不會擔心到哭出來了啊？還是得趕快回到鎮上，讓大家放心才行！」

喜不自勝的阿克婭在我身旁說出這種很隨便的話來。

「那麼，和真先生……請你正式親口說出你的願望……」

艾莉絲像是在答謝我打倒了魔王，又像是在祈禱似的互握著雙手。

笑容可掬的艾莉絲果然很有第一女主角的感覺。

相較之下……

「吶，和真，我回到鎮上之後就要來杯冰到透心涼的深紅啤酒！你要對我的酒杯施展使盡渾身解數的凍結魔法喔。好想趕快見到爵爾帝喔，這個時候他應該差不多要長成一隻雄壯威武的龍了吧！」

我來回看著阿克婭和艾莉絲。

「……？怎麼了，幹嘛露出那麼奇怪的表情。你的臉原本就已經夠奇怪了，現在更是扭曲到不行喔。要不要我幫你在臉上施展恢復魔法啊？」

……………………

我對艾莉絲說出了我的願望——！

——瞬間的暈眩過後，我已經站在一個似曾相識的地方了。

這裡是我不久前來過的魔王的房間。

魔王的貼身護衛倒在附近就是證據。

對於突然現身的我，在場的大家先是大吃一驚，然後——

「「和真！歡迎回……來……？」」

達克妮絲和惠惠原本打算對我說歡迎回來，結果說到最後越來越小聲，還歪著頭疑惑了起來。

我仔細看了看大家，發現達克妮絲的傷勢相當慘烈。

雖然不到危及性命的程度，但也能看出她經歷了多麼激烈的戰鬥。

惠惠和芸芸露出茫然的表情，不過身上好像沒有很明顯的傷勢。

……然後，御劍倒在另外一邊，那兩個跟班則在他身邊緊緊抓著他不放。

御劍的胸口還有起伏，看來他似乎也還活著。

「請問……」

惠惠表現出怯生生的樣子。

「……請問，那個人是誰啊？」

指著站在我身旁的艾莉絲女神這麼問我。

我朝著露出傷腦筋的表情不知所措的艾莉絲伸出手。

「這位就是眾所皆知的那位的艾莉絲女神。我想說機會難得，就帶她來充當我打倒魔王的獎賞了。」

「「「咦！」」」

惠惠、芸芸、達克妮絲在驚叫出聲的同時往後一退。

接著，達克妮絲突然單膝跪地——

「參、參見艾莉絲女神！您的尊容確實就和教會裡所記載的一模一樣……一模一……樣……？」

達克妮絲先是深深低頭，然後在把臉微向上轉，瞥見艾莉絲的臉之後便一直盯著她看。

對於她的舉動，艾莉絲有意無意地別開視線。

——就在這個時候。

「為什麼啦————————！」

突然出現一道光柱後，阿克婭從裡面衝出來。

「啊！妳這傢伙，為什麼有辦法憑自己的力量下凡啊！」

「前、前輩！妳在做什麼啊，未經許可是不能降臨到非管轄的世界來的！要是之後回不了天界我也不管喔！」

聽見我和艾莉絲的聲音，阿克婭一邊哭一邊大喊。

「哇啊啊啊啊啊啊——！和、和真他啊啊啊啊啊啊啊！嗚哇啊啊啊啊啊啊！啊啊啊啊啊啊啊啊！啊啊啊啊啊啊啊啊——！」

「妳這傢伙真的很麻煩耶！還不是因為妳太得意忘形了，我才會丟下妳自己回來！真是的，我本來已經做好打算過一下子就會去接妳的，這下要怎麼辦啊，妳這個笨蛋！」

看著哇哇大哭的阿克婭，惠惠和達克妮絲都放心地喘了一口氣。

這時——

「吶——！我不知道你們是什麼狀況，不過有祭司在的話就快來救救響夜！」

「是啊，他受了重傷！」

這時芸芸突然放聲大叫，蓋過了兩人的聲音。

「啊啊！魔王軍接連用瞬間移動魔法回來了！應該說，那邊那個好像是魔王的女兒吧……！」

從房間的露台看過外面後，芸芸帶著緊張的神情轉過頭來。

真的假的啊，已經回來了嗎？

我們也已經達到目的了，該撤退了吧。

「好了，妳還要哭到什麼時候啊，快點走了！真是的，既然都已經來了就沒辦法了，之後的事情就改天再想吧……」

「哇啊啊啊啊！嗚啊啊啊啊啊啊啊！」

「……那、那個……達克妮絲、小姐……？有、有什麼事情嗎？妳的臉湊得好近……」

「……沒有，只是覺得您長得很像我的朋友……」

達克妮絲把臉湊到艾莉絲面前，目不轉睛地盯著她看的同時，阿克婭哭個不停，然後惠惠開始詠唱魔法……

——咦、等等……！

「『Explosion』——！」

惠惠揹起裝著瑪納礦石的背包，從露台釋放出爆裂魔法。

「惠惠！等、等一下，妳在做什麼啊！」

惠惠已經走到陽台上，芸芸則是跟在她身旁連忙制止她。

「『Explosion』——！『Explosion』——！」

「住手！惠惠快住手！鼻血！妳都流鼻血了！」

為了阻止開始攻擊魔王軍的惠惠，我也來到露台上往外面一看。

只見突然遭受爆裂魔法連番轟炸的魔王軍陷入了混亂，四處逃竄。

一邊接受其他怪物掩護，一邊淚眼汪汪地四處逃竄的那個就是魔王的女兒嗎？

「哇哈哈哈哈！吾正是魔王惠惠！占據了這座城堡的世界最強大法師！接近吾之城堡的愚蠢之徒們啊，在吾強大無比的力量之下消失吧！」

「惠惠妳冷靜一點！好不容易才打倒魔王了，又冒出一個魔王是怎樣！」

真是的，拜託不要惹出更多麻煩來了好嗎？

——是時候了。

「芸芸，拜託妳用瞬間移動魔法了。我已經沒有魔力了。」

「咦……啊……！我剩下的魔力只夠用兩次……！可是，目前在場的有……」

瞬間移動魔法一次最多可以傳送四個人。

但是因為帶了艾莉絲來，現場有九個人。

「真拿你們沒辦法。和真，請用這個。」

剛才還在用爆裂魔法欺負魔王的女兒和魔王軍的惠惠，用力擦了擦鼻血，然後遞了瑪納礦石給我。

「……妳不要太亂來啦。」

「收了這麼昂貴的禮物，我當然也想設法回禮給和真啊……話說回來，某人好像完全沒有那個意思就是了。」

「咦？啊……！在說我嗎？妳剛才是在說我嗎！」

說完，惠惠開始找達克妮絲的麻煩。

是說，我送她瑪納礦石，她送城堡回禮是吧。

以回禮而言也太大了吧。

應該說，要個附贈怪物的城堡到底該怎麼處理啊？

「不好意思，那麼，請各位聚集在一起，我用瞬間移動魔法傳送各位！」

聽芸芸這麼說，大家都聚集到中央來。

「吶——！在那之前先幫響夜治療好嗎——！總覺得，他的脈搏開始變弱了！」

「應該說，呼吸也很弱……！」

「……艾莉絲女神，您以前是不是和我見過面……」

「沒沒沒、沒有啊！……應該說，我接下來應該如何是好啊……」

在大家各自為政地吵個沒完的時候，芸芸已經用瞬間移動魔法傳送了第一輪。

「『Teleport』！」

艾莉絲、御劍、兩個跟班被傳送走了，還剩下五個人。

「嗚……嗚嗚……嗚嗚……」

芸芸把手放到哭哭啼啼個沒完的阿克婭的肩上。

惠惠也站到她身邊去，達克妮絲也一邊擦掉沾在臉頰上的血一邊排好。

「好了，要走了喔？那麼和真先生，阿克塞爾見！」

芸芸高聲吶喊。

「『Teleport』！」

在她詠唱完瞬間移動魔法後，依然哭哭啼啼的阿克婭不知為何被留在原地。

「咦！這是怎麼一回事！為什麼妳沒有被瞬間移動魔法傳送走啊！」

「因、因為、嗚嗚……我、我抵抗了……！……嗚嗚……」

阿克婭一邊吸鼻涕，一邊這麼說……

「妳……！妳這傢伙真的是，為什麼到了最後一刻都還這樣……！」

「不、不是啦！不是，你聽我說！」

眼中浮現淚水，阿克婭連忙對我這麼說。

「我有事情想跟你說！只是在大家面前、有點……就是……」

「妳是怎樣啦，應該說有事情也不是非得現在說吧！在我們像這樣拖拖拉拉的時候，敵人也在陸續跑進城裡啊，不知道什麼時候會來到這裡……！」

我著急地對阿克婭這麼說，但她本人只是眼角噙淚，一個字都沒說。

在我們像這樣折騰之際，我聽見不遠的地方傳出有人衝過來的聲音。

除了我和阿克婭使用的陷阱之外，或許還有正式通往最上層的直達路線也說不定。

在我坐立難安地等待阿克婭說話時，阿克婭一邊以手指拭去淚水，一邊開口：

「……吶，和真。」

「怎樣啦，快說啊！丟下妳跑回來是我不對，可是，我真的有準備好要去迎接妳喔。」

聽我這麼說，阿克婭卻搖了搖頭。

「那個……你知道的、我、那個……就是，算不上非常聰明的那種類型對吧？」

「應該說，就是個笨蛋。所以呢？」

阿克婭瞬間氣得用力咬牙，但表情忽然又鬆懈了下來。

「……反正就是這樣，所以我找不到什麼好聽的話，就一句帶過嘍。」

「所以是怎樣嘛！妳真的要趕快了！妳聽，外面的腳步聲妳也聽到了吧！」

從房間外面傳來的往這裡前進的聲響變大了。

面對心急如焚的我，阿克婭帶著最無憂無慮的笑容對我說：

「謝謝你。」

……在現在這一刻之前，我從來沒想過，自己有一天會對這傢伙怦然心動。

# 尾聲

一如往常的老房間。

這個房間的常客出現在我這個無聊又不值一提的工作地點。

「嗨。」

他友善地舉起手對我打招呼。

現在不是說「嗨」的時候了吧……

「和真先生……真是的，為什麼你這個人……」

為什麼這個人會這麼容易死掉啊！

他可是連魔王都打倒了，真希望他可以不要隨便來到這裡。

應該說，我更希望他可以不要在這種地方放鬆成那樣。

他雙手撐在後面，坐在地板上伸展雙腳，一臉滿足地休息起來了……

——這裡是這個世界的死者的靈魂會被召喚來的地方。

並不是什麼可以放鬆的地方……

「哎呀，果然還是這裡待起來最舒服呢。該怎麼說呢，光是看著艾莉絲女神就覺得被治癒了。」

他一邊這麼說，一邊枕著手臂躺下。

「……真是的，你知道我後來有多辛苦嗎？為了回來這裡，我到底經歷了多少麻煩你知不知道啊……」

「不是啊，我後來回到鎮上的時候艾莉絲女神就已經不在了嘛。我原本有想說要好好負責送妳回來的耶。」

……送我回來？

不對，先不管這個了。

「那個，可以不要叫我艾莉絲女神了嗎？你是打倒了魔王的勇者，也知道我的真面目，所以直接叫我的名字也無所謂喔？語氣也是，像平常那種感覺就好，不用那麼拘謹……」

「那麼，妳也用平常的語氣說話，這樣我就可以直接叫名字。」

「……這個模樣的時候，我再怎樣都會變成這種語氣……不過，你好像很累的樣子呢？這次到底是怎麼了？因為世界已經變得那麼和平了，我沒什麼注意下界……」

他到底是被怎樣的怪物殺掉的？

魔王被打倒之後，這個世界的怪物們應該也都變弱了。

會讓他不小心死掉的對手應該沒剩多少了才對。

「……總之發生了很多事情。應該說，我也不過就是得意忘形了一點就被丟出豪宅了。我可是打倒了魔王的英雄耶？我覺得自己應該多得到一點好報才對吧。」

這樣也太誇張了。

我不知道到底發生了什麼事情，不過我覺得這個人確實值得多一點好報。

「看來大家還是老樣子，都很好嘛……應該沒什麼太大的麻煩吧？」

「好到不能再好了。目前也沒有什麼麻煩……不過，我一直有種不祥的預感。比方說，最近惠惠動不動就和芸芸瞬間移動到不知道哪裡去，然後一臉舒爽地回來。我猜八成是不知道上哪兒去發爆裂魔法了吧，真不知道她們到底是對著哪裡亂轟了……」

……她們每天都用瞬間移動魔法去魔王城旁邊，對著魔王城施展魔法。這件事還是別告訴他好了。

「達克妮絲好像說過因為她是為了討伐魔王而盡力的大貴族，而獲封新的領地還是怎樣的。是說，她還在抱怨說接到了一大堆相親的要求，而且不只我們的國家，還有來自其他國家的呢。最近她也一直窩在豪宅裡迎擊國家派來的使者。」

……讓那孩子拒絕相親的理由明明就是你本人，卻說得事不關己似的，真的是喔……

惠惠小姐也好、乾妹妹也好，不但情敵都是強敵，對象又是如此自由奔放的人，達克妮絲也不輕鬆吧。

「把我趕出豪宅的阿克婭那傢伙不肯讓我進家裡。她還說什麼，你不會再說那種蠢話了吧？之類的。什麼蠢話不蠢話的……」

「你到底是說了什麼才被趕出豪宅的啊？」

我記得這已經是他第二次被禁止進入豪宅了吧。

畢竟有拯救世界這樣的豐功偉業在撐腰，只是亂說話的話，應該不會……

「我因為打倒了魔王而在鎮上受到大家吹捧，結果有點得意忘形就不小心亂說話了。只是隨便開個玩笑啦。我說，好～把拔要來組後宮了——！這樣。」

「………………」

「……艾莉絲女神，我現在有在反省了所以請不要一聲不響的，我會很沮喪。」

我收回前言。

這個人還是多得到一點教訓比較好。

「不過，在前輩呼喚你之前，你就在這裡好好休息吧。」

……至少，在這種時候應該讓他好好休息。

「……呼喚？……喔喔，我可沒有死掉喔？」

躺在地板上的他只抬起頭來這麼說。

「……沒有死？可是，你不是在這裡嗎？」

「喔，對啊。我是憑自己的力量來的。」

…………？

「瞬間移動魔法啦，瞬間移動魔法。妳還記得吧，和魔王決戰之前，我不是到這裡來了嗎？我的瞬間移動魔法有一個登錄地點還空著，所以就在那個時候……」

「！」

這個人現在是在說什麼啊？

「請等一下，你把這裡？登錄成？傳送地點了？」

「就是這樣……應該說，就算我再怎麼壞，要是沒確實能夠像這樣來接阿克婭的手段也不會把她丟在這裡啦。今後我也可以偶爾過來一下嗎？比方說被捲入麻煩當中的時候……」

「不可以不可以，你在說什麼啊！應該說，登錄了這裡是怎樣！這裡可以登錄成瞬間移動魔法的目的地嗎！竟有此事！應該說，為什麼你總是可以一次又一次搞出其他人不會想到的事情啊！」

「沒、沒有啦，可是……！我只是嘗試登錄一下就成功了，才忍不住……」

忍不住就可以動不動跑來這種地方的話，這裡還有什麼威嚴可言啊！

「這麼說來，達克妮絲不時就會到處找克莉絲喔。是說，如果可以經常見到艾莉絲女神的話，我也不需要做出這種事情來了吧。」

「嗚……現在應該會被她問東問西的吧，過一陣子我會去見她的……」

這時，他懶洋洋地起身。

「話說回來，那些傢伙把拯救了世界的勇者大人當成什麼了啊……好，差不多該回去讓她們接受慘痛的教訓了！」

然後一邊活動肩頸一邊這麼說，還伸了個大懶腰。

——拯救了世界的勇者大人。

這個人提到這個的時候語氣是半開玩笑，真不知道他對自己的所作所為是否有全盤的理解。

一個不具備任何力量的人，帶著一群需要多方照料的同伴，擊敗以魔王軍幹部為首的各種強敵，最後甚至連魔王都打倒了。

即使是經過誇飾的童話故事裡的勇者，都得拿到傳說中的裝備且帶著強大的同伴才總算能夠達成那樣的豐功偉業。

「首先要教訓把我趕出來的那個笨蛋。我不過是稍微縱容她一下，她居然又——給我得意忘形了起來。」

說完，他一邊做柔軟體操，一邊開始進行瞬間移動魔法的詠唱。

光是想像接下來會發生的事情，我便自然而然地笑了出來。

雖然他的身邊總是充滿了困難與麻煩，但他卻隨時都是很開心的樣子。

「好了。那麼艾莉絲女神，我去弄哭她們一下就回來。」

「路上小心。不可以對她們做出太過分的事情喔？」

聽我這麼說，拯救了世界的勇者大人露出苦笑，背對著我。

——希望，這個人至少可以多點好報。

——希望，他不會為了選擇留在這個世界不回日本而感到後悔。

「和真先生，請你等一下喔？難得你都來了，我給你一點紀念品。」

他帶著疑惑的神情看向我，於是我舉起一隻手，露出笑容。

「你為了這個世界那麼努力。希望會有一點好事發生在你身上。」

——希望你可以越來越喜歡這個，你所保護下來的美好世界。

我舉著手對準他，由衷地獻上祈禱——！

「為你獻上祝福！『Blessing』——！」

# 後記

非常感謝各位這次拿起《為美好的世界獻上祝福！》第十七集，我是作者暁なつめ。
這個系列不知不覺間也出到十七集了。
對於一路陪我走到這裡的各位，我真的是萬分感謝。
那麼，接下來要稍微解說一下關於這一集的內容，如果是從後記先看的人會被爆雷，因此可以的話還請留待最後再看。

——正當和真他們為了帶回離家出走女神而在魔王城閒晃的時候。
在阿克塞爾那邊，前來襲擊城鎮的魔王軍分隊與等級雖高卻一點都不打算離開新手鎮的冒險者們，想必正展開一場激烈的大戰吧。
除此之外，平常總是惹人嫌的小混混冒險者、裡面姑且是前貴族所以偶爾會拿出真本事的奇怪布偶裝、魔道具店的老闆、人美奶大的櫃檯小姐重金禮聘的面具打工仔等人物或許也在大放異彩。

以鑑定魔法之類的方式不經意地觀察鎮民，或許會發現有隻等級高得誇張的雞，還有職業欄寫著邪神的黑貓。

踏進某間豪宅的魔王軍士也許會被種在庭院裡的眾多蔬菜，以及神祕的騷靈現象所襲擊吧。

——然後王都那邊，面對魔王之女所率領的精銳，王國軍和開外掛的冒險者、資深紅魔族們正與之正面衝突。

擅自跟在美女如雲的紅魔族後面的奇怪鎧甲，看了名字和自己只差一個字的美少女的母親的照片後，感覺到那名少女有極高的發展性……

於是裝備了最強鎧甲和最強神劍的最強少女，將帶著惠惠的同學們以及阿克西斯教徒，還有粗野的冒險者等雖然不及和真那邊但也頗有問題的一群人，挑戰魔王之女展開決鬥吧。

少女大鬧了一場之後，終究在以寡敵眾的劣勢之下被逼上絕境，此時怪物們突然弱化而讓她因此脫困，於是她立刻察覺是那個某人打倒了魔王，導致她的兄控度更上一層樓……

不過，我覺得這些不是應該在本篇裡寫的故事，所以在這裡隨便爆個雷。

如果有機會的話或許會在外傳裡面寫，不過這個故事本身，是有點尼特傾向的主角帶著廢柴夥伴們在幾經波折之下總是能化險為夷，到了最後終於連魔王都打倒了的故事，所以本篇就在此完結了。

不過，我想還有各式各樣的伏筆以及許多未解之謎才對。

比方說，歷代魔王的名字的由來，還有魔王軍為什麼想要消滅人類等等，世間的研究人員們費盡心思也想調查的事情都因為某人而永遠成謎了。

其他像是被武鬥派公主打得遍體鱗傷後，回到城堡還得被爆裂魔法轟得到處跑的魔王之女，後來在人生當中經歷了怎樣的苦難。

至於打倒了魔王的主角，因為聽說在這次決戰之後決定舉國進行一場盛大的頒獎典禮，滿心期待地苦苦等候。

但是，他的乾妹妹建立的功績更了不起，只是在這個時間點他還無從得知。

還有和惠惠約好回來後要做更棒的事，以及打倒了魔王的人有權和王族結婚等等——

諸如此類，還有許多尚未完全回收的故事、未能完全交代清楚的故事等等，所以希望有朝一日能以後日譚之類的形式寫出來。

話雖如此，和真都已經努力到現在了，就先給他暫時的休息和平穩的生活吧。

——如此這般，關於參與了包含這一集在內的這個系列所有作品製作的所有相關工作人員。

前後四任的責任編輯，以及Sneaker文庫編輯部的各位、各位美編、各位校閱、各位業務、世界各地的各位書店人員。

漫畫版和外傳，動畫及電玩、電影，其他族繁不及備載的各位相關工作人員。

以及，創造出各有特色的人物們，儘管檔期緊湊卻還是每次都畫出美麗插圖的三嶋くろね老師。

託了各位的福才能夠將這麼多集數的書送到世上的讀者手中，在此向各位致上最大的敬意——

還有最重要的，是像這樣閱讀《為美好的世界獻上祝福！》系列的所有讀者——由衷向各位致上最深的感謝！

暁 なつめ

為美好的世界
獻上祝福！

為美好的世界獻上祝福！EXTRA

# 讓笨蛋登上舞台吧！ 1~6 待續

Kadokawa Fantastic Novels

作者：昼熊　插畫：憂姫はぐれ　原作：三嶋くろね　角色原案：三嶋くろね

**「好久不見，萊因·薛克。**
**我暫時要以冒險者的身分生活，請多指教！」**

達斯特從過去的搭檔菲特馮口中，聽說了原先侍奉的主人黎歐諾公主即將來訪的消息。覺得有生命危險的達斯特準備從阿克塞爾開溜，一回過神才發現，琳恩早已跟公主殿下交換身分了！另一方面，頂替公主的琳恩也得知了達斯特過往的真相——

各 **NT$200~220/HK$67~73**

為美好的世界獻上祝福！外傳

# 找面具惡魔指點迷津！

Kadokawa Fantastic Novels

作者：暁なつめ　插畫：三嶋くろね

**「歡迎來到諮詢處，迷惘的女孩啊！**
**不用客氣，無論任何煩惱都可以對吾吐露。」**

低調座落於阿克塞爾的「維茲魔道具店」受到沒用老闆維茲拖累，一直處於經營困難的狀態。於是，本為魔王軍幹部又是地獄公爵，現在則是個打工人員的巴尼爾，打算以「預見未來」為冒險者提供諮詢服務好賺取報酬——巴尼爾與維茲的邂逅也終於揭曉！

NT$230/HK$70

台灣角川

國家圖書館出版品預行編目資料

為美好的世界獻上祝福!. 17, 為這群冒險者獻上祝福! / 暁なつめ作 ; kazano譯.
- 初版. -- 臺北市 : 臺灣角川股份有限公司, 2021.02
面 ; 公分. -- (Kadokawa fantastic novels)
譯自 : この素晴らしい世界に祝福を ! 17, この冒険者たちに祝福を!
ISBN 978-986-524-171-1(平裝)

861.57 109018304

Kadokawa
Fantastic
Novels

# 為美好的世界獻上祝福！ 17（完）
## 為這群冒險者獻上祝福！

（原著名：この素晴らしい世界に祝福を！ 17 この冒険者たちに祝福を！）

2021年2月4日 初版第1刷發行
2024年8月8日 初版第6刷發行

作者：暁なつめ
插畫：三嶋くろね
譯者：kazano

發行人：台灣角川股份有限公司
總監：呂慧君
總編輯：蔡佩芬
主編：林秀儒
副主編：楊鎮遠
設計指導：陳晞叡
印務：李明修（主任）、張加恩（主任）、張凱棋、潘尚琪
發行所：台灣角川股份有限公司
地址：104台北市中山區松江路223號3樓
電話：（02）2515-3000
傳真：（02）2515-0033
網址：www.kadokawa.com.tw
劃撥帳戶：台灣角川股份有限公司
劃撥帳號：19487412
法律顧問：有澤法律事務所
製版：尚騰印刷事業有限公司
ISBN：978-986-524-171-1



KONO SUBARASHII SEKAI NI SHUKUFUKU WO! Vol.17 KONO BOKENSHATACHI NI SHUKUFUKUO!